Die drei ???

Liebe Krimi-Fans und Hobby-Detektive,

dieses Buch ist ein spezialgelagerter Sonderfall: Es enthält verschlossene Seiten mit Geheimwissen, von dem Leser normalerweise nichts erfahren!
Wollt ihr Einblick erhalten in die Unterlagen, die den drei ??? bei ihren Ermittlungen zur Verfügung stehen?
Und habt ihr euch schon mal gefragt, welche finsteren Pläne der Täter verfolgt, während ihm die drei Detektive auf den Fersen sind?

Begleitet Justus, Peter und Bob bei einem neuen, spannenden Fall mit all seinen Spuren und geheimen Dokumenten!
Taucht ein in die zwielichtige Welt ihres Gegenspielers!
Öffnet die geheimen Seiten!

Die drei ???®

und das Grab der Maya

erzählt von André Marx

Kosmos

Die drei ???®
und das Grab der Maya

Eine Schatzkarte?

Es war ein sonniger Nachmittag in Rocky Beach. Justus Jonas stand mit seinen Freunden Peter Shaw und Bob Andrews auf dem Gelände des Gebrauchtwarencenters Titus Jonas und stemmte die Hände in die Hüften.

»Dann wollen wir mal sehen«, sagte er und öffnete einen der drei Umzugskartons, die sein Onkel am Vormittag von einer Haushaltsauflösung mitgebracht hatte.

Auf den ersten Blick sah er eine alte Armbanduhr, ein paar Briefmarkenalben, drei schlecht eingepackte Sammeltassen, lose verstreuten Modeschmuck und ein paar ledergebundene Bücher.

Neben ihm klappten Bob und Peter die beiden anderen Kartons auf. Darin sah es ähnlich aus.

»Einfach nur sortieren?«, fragte Bob.

Justus nickte. »Aber Onkel Titus bat uns, die Augen offen zu halten. In dem Trödel könnte das eine oder andere wertvolle Stück versteckt sein.«

»So was kann ich nicht«, bekannte Peter. »Ein wertvolles Buch von einem wertlosen unterscheiden … Ich weiß nicht, worauf ich da achten muss.«

»Dann zeigst du alles, bei dem du dir nicht sicher bist, einfach mir«, schlug Justus vor. Sein Blick für Trödelware war inzwischen fast so geschult wie der von Onkel Titus. Kein Wunder, Justus lebte nicht nur bei seinem Onkel und seiner Tante, er verbrachte auch viel Zeit auf dem Schrottplatz. Entweder half er hier mit oder er saß in dem alten Campinganhänger, den Onkel Titus ihm vor Jahren überlassen hatte. Er war unter Bergen von Schrott versteckt und diente Justus, Peter und Bob als Detektivzentrale.

»Na schön«, meinte Peter. »Dann mal los. Wir werden sicher schnell fertig, so viel ist es ja nicht. Und vielleicht finden wir sogar einen Schatz, wie dein Onkel sich das erhofft.«

Sie schleppten die drei Kartons in eine schattige Ecke und begannen, sie auszupacken und die Sachen auf einem Tapeziertisch zu sortieren – Bücher zu Büchern, Geschirr zu Geschirr, Schmuck zu Schmuck und so weiter.

»Die Briefmarken?«, fragte Bob und hielt eines der Alben hoch.

»Ich werfe nachher einen Blick rein«, sagte Justus. »Erst mal auf den Später-Stapel.«

»Und die Perlenkette hier?«, fragte Peter. »Sind die Perlen echt oder nicht?«

»Natürlich nicht. Ich bitte dich, Zweiter, das sieht man doch nun wirklich!«

»Ich habe dir gesagt, dass ich das nicht sehe.« Peter warf die Kette achtlos zu dem restlichen Glitzerkram und zog anschließend eine etwa zwanzig Zentimeter große Steinfigur aus der Kiste. Sie sah indianisch aus und war außerdem ziemlich schmutzig. »Was ist damit? Ist die echt oder nachgemacht?«

»Peter, wenn du mich das bei jedem einzelnen Stück fragst, kann ich die Arbeit auch allein erledigen«, seufzte Justus, lenkte dann jedoch ein. »Lass mal sehen!«

»Tja, schwer zu sagen«, gab Justus zu, nachdem er die Figur von allen Seiten betrachtet hatte. »Der Wert dieses Artefakts entzieht sich meiner Kenntnis, da ich mich außerstande sehe, eine genaue Einschätzung von Herkunft und Alter –«

»Du weißt es nicht«, unterbrach Peter ihn. »Daran ändert auch dein Geschwafel nichts. Du hast absolut keine Ahnung. Aber *mir* erzählen wollen –«

»Oh, Maya-Kunst!«, sagte eine fremde Stimme hinter ihnen. Die drei Detektive drehten sich um. Unbemerkt war ein Mädchen herangetreten. Peter war sie vorhin schon aufgefallen, als sie auf dem Gelände herumgestöbert hatte. Sie war vielleicht ein oder zwei Jahre älter als die drei Jungen und trug ihr braunes, glattes Haar schulterlang. Auf der spitzen Nase saß eine Metallbrille, bei der man nicht genau wusste, ob sie besonders altmodisch oder besonders modern war. Unverwandt war ihr Blick auf die Figur in Justus' Händen gerichtet.

»Kennst du dich damit aus?«, fragte der Erste Detektiv.

»Na ja, nicht wirklich«, gestand sie. »Aber darf ich sie mal in die Hand nehmen?«

Bereitwillig reichte Justus ihr die Figur. »Ich kann sie dir allerdings nicht verkaufen, solange wir nicht wissen, womit wir es zu tun haben. Woran erkennst du, dass es Maya-Kunst ist?«

Das Mädchen lächelte schief. »Du hast mich ertappt. Es könnte auch von den Inka oder den Azteken sein. Ich mache auf dem College einen Kurs in Kunstgeschichte. Wir haben bei der Steinzeit angefangen und sind jetzt bei den indianischen Hochkulturen. Ich habe ein Referat über die Maya

gehalten. Aber das Kunsthandwerk der Maya von dem der Inka oder der Azteken zu unterscheiden ist nicht so einfach.« Unvermittelt streckte sie die Hand aus. »Ich bin übrigens Sheryl Harvey.«

»Hallo, Sheryl«, sagte Justus und stellte sie nacheinander vor.

»Vielleicht kannst du uns sagen, ob das Ding echt ist oder nachgemacht«, sagte Peter und grinste. »Justus weiß das nämlich nicht.«

»Selbstverständlich wäre ich zu einer Einschätzung gekommen, wenn ich das Objekt ein paar Augenblicke länger begutachtet hätte«, versuchte Justus zu erklären.

Peter und Bob tauschten vielsagende Blicke wegen Justus' geschraubter Ausdrucksweise, doch Sheryl schien davon nicht irritiert zu sein. Sie lächelte den Ersten Detektiv an.

»Ich weiß es auch nicht. Man müsste sie mal reinigen.« Unschlüssig drehte sie die Figur in den Händen und kratzte mit dem Daumennagel an einigen besonders schmutzigen Stellen. Plötzlich hatte sie eine kleine Wachskugel in der Hand, die auf der Unterseite der Figur eine runde Öffnung verschlossen hatte. »Hoppla! Was ist denn das? Ein Loch?«

»Wahrscheinlich hat man den Stein zur Bearbeitung auf eine Halterung gesteckt«, vermutete Bob. »Daher das Loch.«

»Ja, das könnte gut sein. Aber da ist etwas drin!« Sheryl zog mit Daumen und Zeigefinger einen eng zusammengerollten Zettel aus der Öffnung heraus.

»Zeig mal her!« Der Erste Detektiv nahm das Papier entgegen und zog es vorsichtig auseinander.

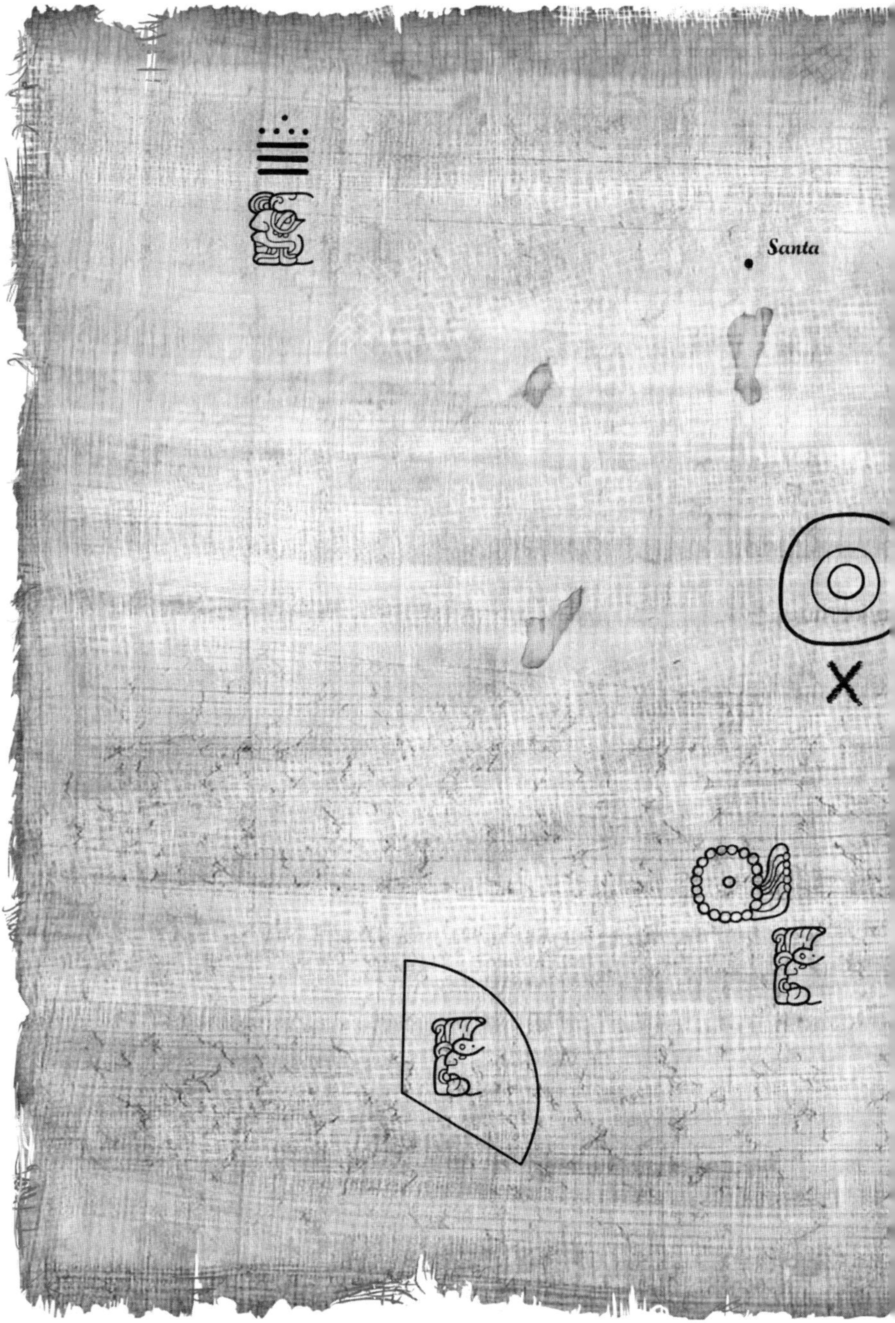
Santa

»Was ist das!?«, fragte Bob verblüfft und trat näher heran, um Justus über die Schulter sehen zu können.
»Könnte eine Landkarte sein – wegen der Windrose«, murmelte Peter. »Mit geheimen Schriftzeichen drauf. Und einem Ort namens *Santa*. Das ist auch kein normales Papier, oder?«
»Ich tippe auf Amatl«, sagte Sheryl.
»Auf was?«, fragte Bob.
»Amatl. Das Papier, das die Maya benutzt haben«, wusste Justus. »Ähnlich wie Papyrus bei den Ägyptern. Nur dass Amatl aus der Rinde eines speziellen Baumes hergestellt wird. Und die ›geheimen‹ Schriftzeichen sind auch nicht geheim, sondern Maya-Hieroglyphen. Die Maya waren das einzige Indianervolk, das eine hoch entwickelte Schriftsprache besaß.«
»Aha«, sagte Peter gleichgültig. »Weißt du, was mich jetzt wirklich beeindrucken würde, Just? Wenn du sie übersetzen könntest.«
»Für das Entschlüsseln der Maya-Schrift haben selbst hochrangige Wissenschaftler Jahrzehnte gebraucht«, erklärte Justus. »Und zu hundert Prozent ist ihnen das bis heute nicht gelungen. Ich muss also leider passen.«
Peter wandte sich mit fragendem Blick an Sheryl.
Doch die hob abwehrend die Hände und lachte. »Mich musst du nicht ansehen, ich habe bloß einen Kurs in Kunstgeschichte belegt! Wir haben uns auch kurz mit Hieroglyphen beschäftigt, aber dabei habe ich vor allem gelernt, dass Justus recht hat. Diese Schrift ist ziemlich kompliziert.« Stirnrunzelnd beugte sie sich über das Schriftstück und tippte auf das Symbol in der Mitte, das aus drei ineinanderge-

malten Kreisen bestand. »Ha! Das hier kenne ich allerdings tatsächlich. Es ist das einzige Schriftzeichen, das ich mir merken konnte, weil es so simpel ist. Es bedeutet ›Edelstein‹.«

»Edelstein?«, wiederholte Peter. »Dann … dann haben wir es womöglich mit einer Schatzkarte zu tun!«

»Langsam, Peter«, mahnte Justus. »Deine Schlussfolgerung entbehrt jeder sachlichen Grundlage.«

»Es sieht aber so aus wie eine Schatzkarte«, hielt Peter dagegen und fügte etwas leiser hinzu: »Und meistens ist es dann auch eine.«

Justus ging nicht darauf ein und legte die Karte, oder was immer es war, auf den Tapeziertisch. »Die Maya-Kultur ist vor gut fünfhundert Jahren untergegangen, und so alt ist dieses Amatl-Papier auf keinen Fall. Es sieht sogar ziemlich frisch aus, auch die Farbe. Wir haben es also nicht mit einem antiken Schriftstück zu tun.«

»Die Figur könnte aber antik sein«, meinte Sheryl. »Also wirklich von den alten Maya stammen. Es gibt natürlich eine Menge Replikate solcher Figuren. Aber wenn sie echt wäre, wäre sie ziemlich wertvoll.«

»Vielleicht weiß der Vorbesitzer mehr«, überlegte Bob.

Der Erste Detektiv nickte. »Ich werde Onkel Titus nachher fragen, woher genau er die Sachen hat.« Er nahm die Figur zur Hand und begutachtete das Loch, in dem der Zettel gesteckt hatte. Drumherum war die Figur weniger verschmutzt. Der Stein, aus dem sie gefertigt war, schimmerte grün. Justus griff nach einem Lappen und rieb eine Stelle blank. Auch hier kam ein leuchtendes Grün zum Vorschein.

»Kollegen!«, rief Justus überrascht. »Die Figur ist aus Jade!«

Zur gleichen Zeit, nicht weit entfernt …

Im Wagen war es heiß. Die Sonne, die aufs Dach brannte, heizte die Luft unerbittlich auf. Und er konnte nichts dagegen tun.

In seinem eigenen Auto hätte er natürlich eine Klimaanlage gehabt. Aber der Wagen war zu auffällig. Niemand durfte auf ihn aufmerksam werden. Er konnte nicht vorsichtig genug sein. Also hatte er sich die uralte Rostlaube von Mike ausgeliehen. Mike schuldete ihm noch was. Und nun war der dreckige, verbeulte Kastenwagen sozusagen seine Tarnkappe. Eine Tarnkappe, unter der mittlerweile zweiundvierzig Grad herrschten.

Irgendwo im Wagen summte eine Fliege herum. Sie hatte es auf seinen salzigen Schweiß abgesehen. Alle paar Minuten setzte sie sich auf seinen Nacken. Das Vieh machte ihn wahnsinnig.

Er sah zum Schatten eines Baumes vor sich auf der Straße, der nur einen Meter von der Motorhaube entfernt war. Wie lange würde es dauern, bis er die Fahrerkabine erreicht hatte? Er schien nicht im Geringsten weiterzuwandern. Ein lächerlicher, verfluchter Meter, doch den konnte er mit dem Wagen nicht vorfahren. Denn dann könnte er nicht mehr durch das weit geöffnete Tor auf der gegenüberliegenden Straßenseite sehen.

Das Tor zum Gebrauchtwarencenter T. Jonas.

Nur in dieser Position hatte er genau im Blick, was er sehen wollte. Nur von dieser Stelle aus konnte er sie alle beobachten: den Großen, den Kleinen und den Dicken.

Und Sheryl.
Sie standen um einen Tapeziertisch herum und redeten. Natürlich konnte er auf die Entfernung nicht verstehen, was sie sagten. Selbst wenn er die Fenster geöffnet hätte, wäre er dafür zu weit weg gewesen. Und die musste er auf jeden Fall geschlossen halten, um unentdeckt zu bleiben.
Er hätte zu gern gewusst, worüber sie sprachen. Aber ihm war nicht einmal ein freier Blick auf den Tisch vergönnt. Ständig stand der Dicke im Weg.
Er spürte, wie ihm eine Schweißperle den Nacken hinunterrann. Die Fliege umschwirrte wieder seinen Kopf. Das Thermometer zeigte nun dreiundvierzig Grad an. Wozu hatte dieser Blechkasten überhaupt ein Thermometer? Damit man auch *sehen* konnte, wie heiß es war? Noch fünf Minuten in dieser Affenhitze und er würde einfach aus dem Wagen springen, Tarnung hin oder her.
Er musste sich irgendwie ablenken. Also nahm er das Fernglas zur Hand, das auf dem Beifahrersitz lag, auch wenn er durch die dreckige Scheibe hindurch nicht viel erkennen konnte.
Noch immer stand der Dicke im Weg.
Doch dann trat er plötzlich zur Seite, gab den Blick auf den Tisch frei und die Sonne fing sich in schimmerndem Jadegrün.
Die Fliege summte und setzte sich wieder auf seinen Nacken. Mit der freien Hand schlug er zu.
»Hab dich!«, sagte er grinsend.

»Jade?«, fragte Bob und nahm Justus die Figur aus der Hand, um die grüne Oberfläche genauer unter die Lupe zu nehmen. »Tatsächlich.«
»Die Maya haben Jade oft für die Herstellung von Schmuck und religiösen Gegenständen verwendet«, erklärte Sheryl. »Es war praktisch das Gold der Maya. Echte Jade-Artefakte aus der Zeit sind ziemlich selten. Und wertvoll!«
»Also doch ein Schatz!«, rief Peter und sah sich sogleich um, ob auch niemand in der Nähe war, der sie belauschen konnte. Dann flüsterte er: »Aber wie kommt der denn in diese Kiste? Das kann doch nur ein Missverständnis sein.«
»Also, zunächst einmal: Du solltest deine Erwartungen in Sachen Schatz wirklich zügeln, Zweiter«, riet Justus. »Aber im Hinblick auf das Missverständnis gebe ich dir recht: Die Figur wurde vermutlich wegen der Schmutzschicht fälschlicherweise für wertlos gehalten, und das ist sie definitiv nicht. Ich werde Onkel Titus fragen, was wir mit ihr machen sollen.«
»Und was ist mit dieser Schatzkarte, also ich meine, dem Zettel?«, fragte Bob. »Der ist doch irgendwie … rätselhaft, oder? Wir sollten den Vorbesitzer auf jeden Fall danach fragen. Wahrscheinlich wusste er gar nichts von dem Zettelversteck. Und dann könnten wir uns um die Sache kümmern.«
»Um die Sache kümmern?«, wiederholte Sheryl.
Justus nickte. »Das ist gewissermaßen unser Beruf.«
»Beruf? Aber ihr geht doch sicher noch zur Schule.«
»Bedauerlicherweise«, bestätigte Peter. »Aber wir sind außerdem Detektive.« Er wollte ihre Visitenkarte hervorholen, um sie Sheryl zu reichen, aber Justus war schneller.

»Wow«, sagte Sheryl und warf einen beiläufigen Blick auf ihre Uhr. Sie zuckte zusammen. »Oh, verflixt, ich muss los zu meiner Lerngruppe. Schade. Aber ich wüsste gern, was es mit der Figur und dem Zettel auf sich hat. Darf ich euch anrufen? Oder noch mal vorbeikommen?«

»Natürlich, jederzeit«, versicherte Justus. »Wenn wir nicht gerade unseren Ermittlungen nachgehen, sind wir hier.«

»Alles klar, super. Dann bis dann!« Sheryl winkte und verließ das Schrottplatzgelände.

Justus sah ihr hinterher.

»Du stehst auf sie«, sagte Peter.

Der Erste Detektiv zuckte zusammen. »Wie bitte?«

»Du stehst auf sie«, wiederholte Peter. »Man kann es dir an der Nasenspitze ansehen. Es ist wahrscheinlich ihre Brille. Die lässt sie so interlektuell wirken. Und das findest du gut.«

»In*tell*ektuell heißt das, Zweiter, und darüber hinaus liegst du falsch. Ich stehe nicht auf sie. Ich hätte auch gar keine Zeit dafür, denn schließlich haben wir einen Fall zu lösen. Ich fange schon mal an. Du kannst ja so lange das Wort üben.«

Grinsend wandte Justus sich ab und ließ Peter stehen.

Sheryl brach auf. Endlich.
Er rutschte im Fahrersitz ein wenig nach unten und beobachtete, wie sie das Gebrauchtwarencenter verließ. Nur ganz kurz sah sie in seine Richtung, bevor sie sich nach links wandte und den bunt bemalten Bretterzaun entlangging, der das Gelände umschloss. An der Kreuzung bog sie abermals links ab und war außer Sichtweite.
Er ließ den Wagen an und fuhr ihr nach.
Sie drehte sich nicht um, auch nicht, als er direkt neben ihr zum Stehen kam.
Stattdessen stieg sie zu ihm ein.
»Boah, was für eine Hitze hier drinnen! Mach doch mal das Fenster –«
»Es bleibt geschlossen, solange wir noch in Sicht- und Hörweite sind!«, entschied er.
»Glaubst du wirklich, diese Jungs spionieren mir nach?«
»Bei denen kann man nie wissen. Die spionieren allem und jedem nach. Jetzt erzähl! Wie ist es gelaufen?«
Sheryl grinste. »Perfekt! Ich war gerade angekommen, da brüllte eine ältere Frau quer über den Platz, dass die Jungs irgendwelchen Trödel aus den Kartons sortieren sollen, die bei den alten Waschmaschinen stehen.«
»Das war wahrscheinlich Mathilda Jonas.«
»Jedenfalls war ich als Erste da, ließ die Figur in einem der Kartons verschwinden und schlenderte dann über den Platz. Die drei bemerkten mich gar nicht. Erst, als sie die Figur entdeckten, war ich *zufällig* in der Nähe und hatte meinen Auftritt. Du hättest mich sehen sollen, ich war echt gut!«
»Was hast du ihnen erzählt?«

»Dass es eine Maya-Figur ist. Sie haben mir meine Rolle als College-Studentin voll abgenommen, so cool! Hast du nicht gesagt, man müsse bei denen höllisch aufpassen? So schlau kamen sie mir jetzt nicht vor.«

Er wischte den Einwand mit einer Geste beiseite. »Was ist dann passiert?«

»Ich habe mir die Figur angesehen und das Geheimfach ›entdeckt‹. Wie die Geier haben sie sich auf das Stück Papier gestürzt. Stell dir vor, dieser Justus wusste sofort, wie das Zeug wirklich heißt: Amatl.«

»Das wundert mich gar nicht.«

»Ich habe ihnen die Edelstein-Hieroglyphe übersetzt. Dass die Figur aus Jade ist, haben sie selbst entdeckt, da musste ich gar nicht nachhelfen. Und dann fingen sie auch schon mit ihrem Detektivkram an.«

»Was haben sie gesagt?«

»Dass sie das Rätsel um die Figur und den Zettel lösen wollen. Dass es vielleicht um einen Schatz geht. Und ihre Visitenkarte haben sie mir gegeben.« Sie wollte sie ihm reichen, doch er wedelte mit der Hand, als wäre die Karte die lästige Fliege von vorhin. »Ich weiß nicht, was genau sie nun vorhaben, aber auf jeden Fall habe ich schon meinen nächsten Besuch angekündigt. Und stell dir vor – ich bin herzlich willkommen! Wow, das ist alles so cool!«

»Sehr gut«, sagte er und legte die Fingerspitzen aneinander. »Sie haben den Köder geschluckt. Auf die drei Satzzeichen ist Verlass!« Plötzlich war ihm die Hitze im Wagen egal. Zum ersten Mal an diesem Tag lächelte Skinny Norris zufrieden.

Tunchan, die Steinschlange

Titus Jonas war gerade mit einem Kunden in ein Fachgespräch über antike Vogelkäfige vertieft, sodass Justus einen Moment warten musste.
»Seid ihr schon fertig mit dem Sortieren?«, fragte Onkel Titus verwundert, nachdem der Kunde mit einem neuen Käfig für seine Sammlung gegangen war.
»Nein, noch nicht. Aber wir haben in den Kartons etwas gefunden, das wahrscheinlich aus Versehen dorthinein gelangt ist.« Justus zeigte ihm die Maya-Figur.
Onkel Titus zog die Lesebrille aus der Brusttasche seines Holzfällerhemdes und setzte sie auf, um die Figur zu begutachten. »Das ist ja Jade!«, erkannte er nach wenigen Augenblicken. »Und das lag in dem Karton?«
Justus nickte. »Das muss ein Versehen gewesen sein, oder?«
»Ganz bestimmt sogar. Ich habe für alle drei Kartons keine hundert Dollar bezahlt. Es war eine Haushaltsauflösung. Der Onkel von Mr Bronkowitz ist gestorben. Mr Bronkowitz hat sich um den Nachlass gekümmert. Kennst du ihn?«
Justus nickte. »Hast du seine Nummer?«
»Ja, warte.« Sein Onkel betrat das kleine Bürohäuschen. Justus folgte ihm.
Während sein Onkel auf der Suche nach der Telefonnummer in zahllosen Papieren auf dem Schreibtisch herumwühlte, sagte Justus: »Damit hätten wir übrigens deinen Auftrag erfüllt und in den Trödelkartons einen Schatz gefunden.«
»Den ich aber nicht behalten werde«, stellte Titus Jonas so-

fort klar. »Zu einem seltenen Buch, das dreißig Dollar wert ist anstatt drei, sage ich nicht Nein, wenn es in einer Trödelkiste auftaucht. Aber eine kostbare Jadefigur, von deren Existenz der Besitzer nichts wusste? Das ist gegen meine Berufsehre. Ah, hier ist die Nummer von Mr Bronkowitz!«

»Danke, Onkel Titus.«

»Na, Fall schon gelöst?«, erkundigte sich Peter, als Justus zurückkam.

»Demnächst«, versprach Justus und ging zu einem alten Kühlschrank, der wie zufällig an einem Berg Schrott und Altmetall lehnte. Doch in Wahrheit war er einer der geheimen Eingänge in die Detektivzentrale der drei ???, einen ausrangierten Campinganhänger. Justus öffnete das sogenannte ›Kalte Tor‹ und trat durch den Kühlschrank hindurch.

»Oh, der Erste Detektiv spricht mal wieder nur das Nötigste«, murrte Peter. Er und Bob, der ein großes Buch unter dem Arm trug, folgten ihrem Freund. Als sie das dunkle, stickige Innere der Zentrale betraten, saß Justus bereits am Schreibtisch und telefonierte.

»Ja, Mr Bronkowitz, eine Maya-Figur, etwa zwanzig Zentimeter groß. Sie ist ziemlich schmutzig, aber sie dürfte Ihnen trotzdem aufgefallen sein … Aha, ich verstehe … Ach so. Na gut. Dann danke ich Ihnen für die Auskunft. Auf Wiederhören!« Justus legte auf und wandte sich seinen Freunden zu.

»Und?«, fragte Bob neugierig.

»Der Fall beginnt, interessant zu werden, Kollegen. Onkel Titus hat die Sachen in den Kartons von Mr Bronkowitz gekauft. Der hat mir gerade erzählt, dass er sie eigenhändig eingepackt hat. Aber die Maya-Figur hat er noch nie gesehen.«

Skinny war wirklich sehr mit sich zufrieden. Er bekam das Grinsen überhaupt nicht mehr aus dem Gesicht. Mit Mikes Wagen setzte er Sheryl zu Hause ab und fuhr dann zu seinem eigenen kleinen Apartment in Little Rampart, dem verrufensten Viertel von Rocky Beach. Das Apartment war winzig und schäbig, aber Skinny war das egal. Er hatte auch noch sein Zimmer in der Villa seiner Eltern, aber hier im Wohnblock hatte er seine Ruhe und niemand ging ihm auf die Nerven.
Skinny warf sich auf das fleckige Sofa, legte die Füße hoch und seufzte. Er malte sich aus, wie die drei Klugscheißer-Detektive gerade für ihn arbeiteten, ohne es zu wissen. Unerträglich neunmalklug, wie sie nun mal waren, lösten sie dieses bescheuerte Rätsel wahrscheinlich innerhalb eines Nachmittags und Skinny könnte die Früchte ernten. Und das Beste daran war: Der Große, der Kleine und der Dicke würden es nie erfahren.
Selbst wenn es länger dauerte, machte das nichts. Skinny blieben noch vier Tage. Sein Auftraggeber Zachary, für den er die Maya-Figur aus Mexiko hierhergeschmuggelt hatte, erwartete ihn erst am Dienstag zurück. Das sollte reichen, um hinter das Geheimnis dieser Schatzkarte zu kommen.
Dass es eine Schatzkarte war, dessen war sich Skinny ziemlich sicher. Er war selbst darauf gekommen. Zachary hatte ihn lediglich beauftragt, die Figur in der Stadt Hermosillo abzuholen und zurück nach Rocky Beach zu bringen. Sein Auftrag hatte gelautet, bei der Übergabe nachzuschauen, ob die Figur irgendwo ein Versteck hatte, in dem sich ein Stück Papier befand. Skinny hatte das mit Wachs verschlossene Loch gefunden und auch die darin versteckte Karte. Danach

sollte er die Figur samt Karte über die Grenze schmuggeln. Denn es war natürlich illegal, eine antike Maya-Figur aus Jade außer Landes zu bringen. Skinny sollte sich ein paar Tage Zeit lassen, damit er bei der Rückreise als Tourist durchging, der in Mexiko Urlaub gemacht hatte. Zehn Tage insgesamt.

Skinny hatte sich jedoch nicht an den Strand gelegt, sondern die Zeit genutzt und nachgeforscht. Er hatte herausgefunden, wen die Figur darstellte. Er hatte die Edelstein-Hieroglyphe entziffert. Aber weiter war er nicht gekommen. Trotzdem stand für ihn fest, dass er einer ganz großen Sache auf der Spur war. Sonst hätte Zachary ihn niemals so gut für den Auftrag bezahlt.

Skinny hatte keine Ahnung, ob es Zachary nur um die Karte ging oder auch um die Figur. Aber das spielte keine Rolle. Wenn Skinny die Karte innerhalb der nächsten vier Tage entschlüsselte – beziehungsweise die drei Satzzeichen das für ihn übernahmen –, dann gehörte der Schatz ihm. Er würde die Figur zurückorganisieren, die Karte wieder in das Loch stecken und alles wie verabredet abliefern. Und niemand würde ihm jemals auf die Schliche kommen.

Plötzlich pochte jemand an seine Apartmenttür. »Aufmachen!«, rief eine tiefe Männerstimme.

Skinny fiel fast vom Sofa.

»Aufmachen, habe ich gesagt!«

»Wer ist denn da?«, rief Skinny genervt zurück. Wahrscheinlich war es Mike, der sich einen blöden Scherz erlaubte. Doch dann rief der Mann etwas, wovon Mike gar nichts wissen konnte: »Ich bin hier, um die Figur abzuholen!«

»Was soll das heißen, Mr Bronkowitz hat die Maya-Figur noch nie gesehen?«, hakte Peter nach.
»Was soll das schon heißen, Zweiter – dass er sie nicht kennt. Dass er gar nicht wusste, wovon ich rede. Die Maya-Figur befand sich nicht im Nachlass seines Onkels.«
»Aber wie kam sie dann in die Kiste?«
»Exakt das ist die Frage«, sagte Justus und zeigte mit dem Zeigefinger auf den Zweiten Detektiv. »Wie kam sie in die Kiste? Irgendwelche Ideen?«
»Jemand hat sie reingelegt«, sagte Bob.
»Wer, wann, wo und warum?«
»Irgendjemand zwischen dem Zeitpunkt, an dem Mr Bronkowitz die Kisten gepackt hat, und dem Moment, als dein Onkel sie bei ihm abholte. Also vermutlich im Haus von Mr Bronkowitz oder wo auch immer er das Zeug eingepackt hat.«
»Achtung, Bob«, warnte Justus. »Lass dich nicht zu voreiligen Schlüssen hinreißen. Es könnte auch später gewesen sein. Auf der Straße, in einem unbeobachteten Moment, nachdem Onkel Titus die Kisten auf den Pick-up geladen hatte. Oder sogar erst auf dem Schrottplatz. Die Kartons standen zwar nicht lange hier herum, aber bewacht waren sie schließlich nicht.«
»Auch wieder wahr.«
»Wir wissen es also nicht«, schlussfolgerte Peter.
»Richtig. Wenden wir uns daher der wichtigsten Frage zu: *Warum* hat jemand die Figur in den Karton gelegt?«
»Um sie verschwinden zu lassen«, schlug Bob vor. »Vielleicht suchte jemand ein gutes Versteck dafür.«

»Was bedeuten würde, dass dieser Jemand früher oder später noch mal hier auftauchen wird. Er oder jemand anders.«

»Du meinst, es ist eine Übergabe?«, fragte Peter. »Person A will Person B die Figur geben, ohne dabei selbst in Erscheinung zu treten?«

»Möglich«, meinte Justus. »Allerdings wäre das sehr leichtsinnig oder sehr dumm, denn schließlich muss man damit rechnen, dass jemand anderem – zum Beispiel uns – die Figur vorher in die Hände fällt.«

»Dieses ›Wer, wann, wo, warum‹ bringt uns doch nicht weiter«, warf Bob ein. »Solange wir nicht wissen, womit genau wir es eigentlich zu tun haben, können wir nur raten.«

»Also finden wir es heraus!«, sagte Justus.

Bob nickte und legte demonstrativ das Buch, das er mit in die Zentrale gebracht hatte, auf den Schreibtisch. Es war ein dicker Bildband mit dem Titel ›Die Geschichte der Maya‹. »Ich hatte es neulich beim Aufräumen auf dem Schrottplatz in den Händen. Als du vorhin mit deinem Onkel gesprochen hast, fiel es mir wieder ein. Da habe ich es herausgesucht und schon mal ein wenig darin geblättert«, erklärte er und schlug den Band auf.

»Und du meinst, das hilft uns weiter?«, fragte Peter, der vor dicken Büchern immer zurückschreckte, weil er Angst hatte, sie lesen zu müssen.

Bob nickte. »Hat es schon. Seht mal, worauf ich gestoßen bin.« Er zeigte ihnen eine bebilderte Doppelseite. »Na, kommt euch der Typ bekannt vor?«

Tunchan herrschte 41 Jahre über die Stadt Yaxché.

Tunchan, dessen Name so viel wie ›Steinschlange‹ bedeutet, ist auf allen Abbildungen leicht zu erkennen, da ihm die Hälfte des linken Ohrs fehlte. Er war der berühmteste Herrscher der Stadt Yaxché auf der Halbinsel Yucatán im heutigen Mexiko. Er gehörte einem einflussreichen Herrschergeschlecht an und regierte den Stadtstaat von 726 bis zu seinem Tod im Jahre 767. Die meisten Bauwerke, die Yaxché groß gemacht haben, sind während Tunchans Amtszeit erbaut worden, der berühmte Königspalast jedoch erst einige Jahrzehnte später.

Unter Tunchans Herrschaft erweiterte der Stadtstaat Yaxché seine Macht und seinen Wohlstand. Aus Darstellungen seiner Person, die man auf Stelen und Bildern an den Palastwänden fand, geht hervor, dass er sehr der Astronomie zugewandt war. Zur Erforschung der Sterne und zu Ehren der Himmelsgötter ließ er einen prächtigen Tempel bauen, den sogenannten Sternentempel.

Nach Tunchans Tod blieb Yaxché noch weitere hundert Jahre bewohnt, wurde jedoch Ende des neunten Jahrhunderts von seinen Bewohnern verlassen. Die Gründe dafür sind bis heute unbekannt. Die Aufgabe Yaxchés fällt zeitlich aber mit dem Ende der Blütezeit der Maya zusammen.

Tunchans Sternentempel wurde nie gefunden. Eine Theorie besagt, dass ein späterer Herrscher ihn wieder abriss oder überbaute. Eine andere geht davon aus, dass der Tempel außerhalb der Stadt errichtet wurde und noch immer auf seine Entdeckung wartet.

Die Namenshieroglyphe des Herrschers: »Göttlicher König Tunchan«

Auch Tunchans Grab blieb bislang unentdeckt. Zwar wurden in Yaxché Gräber gefunden, doch die charakteristischen Grabbeigaben wie Edelsteine oder Figuren aus Jade, die in den letzten Ruhestätten großer Maya-Herrscher normalerweise zu finden sind, fehlten.

Eine verbreitete These ist, dass Tunchans Grab erst gemeinsam mit dem Sternentempel gefunden werden wird, da Tunchan sich möglicherweise in dem Gebäude bestatten ließ, das ihm so viel bedeutet hatte.

»Dieser Tunchan sieht unserer Figur ziemlich ähnlich«, meinte Peter. »Sogar das linke Ohr fehlt!«
»Und nicht nur das«, sagte Bob. »Seht euch mal die Hieroglyphe an, die seinen Namen darstellt. Das ist die gleiche wie oben rechts auf dem Zettel! Jetzt müsste man nur noch den Rest entziffern können. Aber denkt ihr vielleicht das Gleiche wie ich?«
Peter grinste ihn an. »Das kommt drauf an, was du denkst, Bob.«
»Na, diese Figur! Das könnte doch eine Grabbeigabe sein, oder? Womöglich hat jemand Tunchans Grab gefunden. Und die Karte weist den Weg dorthin.« Er zeigte auf das runde Symbol in der Mitte. »Dorthin, wo die Edelsteine zu finden sind.«
»Also doch ein Schatz!«, rief Peter. »Habe ich doch gleich gesagt!«
»Unwahrscheinlich«, meinte Justus, der das alles sehr weit hergeholt fand. Doch Peter und Bob beachteten seinen Einwand gar nicht.
Bob kramte bereits eine Karte von Mexiko aus dem Regal und sah sich die Halbinsel Yucatán genauer an. »Es gibt mehrere Orte, die mit *Santa* anfangen: Santa Ana, Santa Lucía, Santa Rosa …«, murmelte er. »Aber keinen, der einfach nur Santa heißt.«
Peter war weiterhin mit der ›Schatzkarte‹ beschäftigt. »Das zu entschlüsseln kann doch nicht so schwierig sein. Zwei Zeichen haben wir schließlich schon: Tunchan und ›Edelstein‹. Jetzt noch den Rest und dann finden wir den Schatz.«
Justus seufzte tief. »Eure Schatzkartentheorie ist verführe-

risch, aber nach wie vor bar jeder Logik. Trotzdem stimme ich euch zu: Wir sollten zumindest versuchen, die Schriftzeichen zu entziffern. Dazu brauchen wir erst mal mehr Informationen.« Er setzte sich an den Computer, ging ins Internet und gab das Stichwort »Maya-Schrift« in die Suchmaschine ein. Es gab etliche Treffer. Aber nachdem der Erste Detektiv ein paar davon überflogen hatte, ließ er die Schultern sinken.

»Was ist, Just?«

»Es ist komplizierter, als ich dachte. Ich erspare euch die Details, aber es würde einige Tage dauern, um sich da reinzuarbeiten.«

»Selbst für dich?«

»Selbst für mich.«

»Dann muss es wirklich kompliziert sein. Und jetzt?«

»Jetzt suchen wir uns Hilfe. Wir fragen jemanden, der sich damit auskennt. Irgendeinen Maya-Schrift-Experten.« Wieder tippte er Begriffe in die Suchmaschine ein und schon bald hatte er jemanden gefunden.

»Treffer!«, sagte er triumphierend. »Professor Jonathan Burnham, ein absoluter Experte für Maya-Kultur. Hat früher an der University of California unterrichtet und selbst an der Entschlüsselung der Maya-Schrift mitgearbeitet. Er war mehrfach mit archäologischen Expeditionen in Mexiko unterwegs. Und: Er wohnt ganz in der Nähe! Das ist unser Mann!« Es dauerte nicht lange, da hatte Justus auch Professor Burnhams Telefonnummer herausgefunden. »Ich rufe ihn am besten gleich an. Ich bin mir sicher, dass er uns weiterhelfen kann!«

»Aufmachen!« Erneut pochte es an Skinnys Tür.
Der richtete sich kerzengerade auf. Zachary wollte die Figur abholen! Aber wie war das möglich!? Sein Auftraggeber erwartete ihn doch erst am Dienstag zurück! Woher wusste er, dass Skinny schon wieder da war? Woher wusste er überhaupt, wo Skinny *wohnte*? Er hatte ihm die Adresse seiner Eltern gegeben, nicht diese hier!
»Jetzt mach endlich auf!«, brüllte Zachary und trat gegen die Tür, dass der Rahmen erzitterte.
»Ja, ja, eine Sekunde!«, keuchte Skinny, eilte zur Tür und öffnete.
Vor ihm stand ein eher kleiner, muskulöser Mann mit tiefschwarzem Haar, dunkler Haut und leicht schräg stehenden, schwarzen Augen. Er war etwa Anfang dreißig und hatte unverkennbar indianische Gesichtszüge. Er trug ein dunkles, weites Hemd, eine dunkle Hose und an beiden Handgelenken Armbänder mit bunten Steinen. Zwischen den Fingern der rechten Hand hielt er einen stinkenden Zigarillo.
Skinny hatte diesen Mann noch nie in seinem Leben gesehen. »Sie sind gar nicht Zachary«, sagte Skinny überrascht.
»Das ist richtig«, knurrte der Mann und drängte sich, noch bevor Skinny reagieren konnte, in sein Apartment.
»He, Moment! Wer sind Sie dann? Wie kommen Sie dazu –«
Der Mann hob einen Zeigefinger. »Schweig, *gringo*!« Er sprach mit einem leichten, merkwürdigen Akzent, den Skinny nicht zuordnen konnte und der ihm durch die Tür gar nicht aufgefallen war. »Ich störe nicht lange. Zachary schickt mich. Gib mir die Figur. Dann gehe ich.«
Es war zu spät, den Ahnungslosen zu spielen, also sagte

Skinny: »Zachary? Ich habe mit ihm eine andere Vereinbarung getroffen. Die Übergabe ist nächsten Dienstag.«
»Jetzt nicht mehr. Ist dir doch recht. Schmuggelware in deiner Wohnung – nicht gut.« Während der Indianer mit ihm sprach, streifte er durch das Apartment wie ein Raubtier, spähte aufmerksam in jede Ecke und blies Rauchwolken in die Luft.
Skinny gefiel das ganz und gar nicht. »Woher weiß Zachary überhaupt, dass ich schon wieder da bin? Und wo ich wohne?«
Der Indianer sah ihm ausdruckslos in die Augen. »Geht dich nichts an. Gib mir die Figur. Jetzt.«
Skinny schluckte. »Sie ist nicht hier.«
»Was sagst du?«
»Sie ist nicht hier!«, wiederholte Skinny und versuchte, erbost zu wirken, um seine Angst zu verstecken. »Wie Sie schon sagten: Schmuggelware. Die wollte ich nicht bei mir zu Hause verstecken. Außerdem wurde ich verfolgt, nachdem ich mit der Figur über die Grenze bin. Das war mir alles nicht geheuer. Also habe ich sie … in ein sicheres Versteck gebracht.«
Der Mann trat drohend auf ihn zu. »Hol sie!«
»Das geht nicht so einfach. Ich brauche dafür ein paar Tage.«
Sein Gegenüber verzog keine Miene. »Nein. Nur bis Sonnenuntergang. Du holst die Figur. Bringst sie zu dieser Adresse.«
Er drückte ihm eine Visitenkarte in die Hand. »Ich warte auf dich.« Er fixierte ihn mit seinen schrägen Augen, blies ihm eine stinkende Rauchwolke ins Gesicht und verließ das Apartment ohne ein weiteres Wort.

Die Stadt im Dschungel

Professor Jonathan Burnham lebte in den Santa Monica Mountains, die von Rocky Beach aus gut mit dem Fahrrad zu erreichen waren. Sein Haus, das aussah wie eine übergroße kanadische Holzfällerhütte, lag an einem Hang, von dem aus man einen fantastischen Blick über den dicht besiedelten Küstenstreifen hinweg bis zum Meer hatte.
Um nicht gleich mit der Tür ins Haus zu fallen, hatte Justus am Telefon behauptet, sie würden für ein Projekt in der Schule recherchieren. Professor Burnham hatte sich sehr gefreut und die drei noch für denselben Nachmittag eingeladen.
»Denkt an das, was wir besprochen haben«, erinnerte Justus seine Freunde, während sie ihre Räder an der Straße abstellten. »Wir schauen erst mal, wie viel er uns über Tunchan und Jadefiguren und Hieroglyphen erzählen kann. Wenn er sich wirklich gut auskennt, können wir ihn immer noch einweihen und ihm die Figur und das Papier zeigen. Aber ich will sie ihm nicht gleich unter die Nase halten. Wenn wir es wirklich mit einem Stück aus einem Maya-Grab zu tun haben, muss das nicht sofort jeder erfahren.«
Seine Freunde nickten. Dann klingelte Bob an der Haustür. Professor Burnham öffnete ihnen. Er war ein kleiner Mann, einen halben Kopf kleiner noch als Bob, mit weißem Haar und einem sauber gestutzten Vollbart. Sein Gesicht war gebräunt und voller Runzeln. Justus schätzte ihn auf Ende siebzig. Der Professor hielt sich gebeugt, doch man sah seiner Körperspannung an, dass er immer noch sehr agil war.

»Professor Burnham? Wir haben vorhin telefoniert. Ich bin Justus Jonas und das sind Peter Shaw und Bob Andrews.«

»Aber natürlich!«, rief Professor Burnham erfreut. »Wie schön, dass ihr mich besucht. Kommt rein, kommt rein!«

Sie folgten ihm in ein geräumiges Wohnzimmer. An den Wänden hingen gerahmte Fotografien. In einem Regal lagen bemalte Teller und Gefäße, die indianischen Ursprungs zu sein schienen, dazu steinerne Köpfe und Schmuck. In einer Ecke des Raumes stand eine mannshohe Stele aus Stein, in die rätselhafte Gesichter und Schriftzeichen gehauen waren. Es war fast wie in einem Museum.

»Sie scheinen genau der Mann zu sein, den wir suchen«, sagte Justus, nachdem er sich kurz umgesehen hatte.

»Für euer Schulprojekt, ja? Es freut mich, dass junge Leute sich für die Maya begeistern. Seit ich nicht mehr an der Universität lehre, fehlt mir dieser Austausch. Ich kann euch alles erzählen, was ihr wissen wollt.« Professor Burnham lächelte und sagte nicht ohne Stolz: »Vermutlich gibt es in ganz Kalifornien niemanden, der sich besser auskennt als ich. Ich habe mein halbes Leben damit verbracht, die Kultur der Maya zu erforschen. Wofür genau interessiert ihr euch?«

»Für König Tunchan«, sagte Bob geradeheraus. »Und sein Grab, das man im Sternentempel von Yaxché vermutet.«

»Oh, ihr kennt euch bereits aus! Nun, auch darüber kann ich euch mehr verraten als jeder andere.« Der Professor zog eine Schublade in seinem Schreibtisch auf und kramte die Kopie eines alten Zeitungsartikels hervor. Stolz reichte er sie den drei Detektiven und sagte: »Schließlich war ich es, der Yaxché entdeckt hat.«

Nr. 188

LOS ANC

Geheimnisvolles Maya-Reich im Urwald entdeckt

Sensation im Dschungel: Auf der mexikanischen Halbinsel Yucatán haben Archäologen eine alte Maya-Stadt entdeckt. Vermutlich handelt es sich um das sagenumwobene Yaxché.

Der Dschungel dampft nach dem tropischen Regen des Morgens. Nebelschwaden schweben über dem immergrünen Blätterdach, das jahrhundertelang ein Geheimnis verborgen hat. „Ich wusste, dass Yaxché irgendwo in diesem Gebiet liegen muss“, sagt Professor Jonathan Burnham von der University of California. „Aber der Urwald ist so undurchdringlich, dass ich jahrelang suchen und forschen musste, um die Stadt zu finden. Sie können sich nicht vorstellen, wie es ist, wenn man plötzlich mitten im Dschungel auf eine Steinmauer stößt, wenn jahrhundertealte Gebäude vor einem in den Himmel ragen und man weiß, dass man endlich am Ziel ist.“

Yaxché wurde vermutlich um das Jahr 200 n. Chr. von den Maya errichtet und fast siebenhundert Jahre lang bewohnt. Ihr bekanntester Herrscher war Tunchan, unter dem die Stadt ihre größte Blütezeit erlebte. „Es wird Jahre dauern, bis wir alles freigelegt, erkundet und erforscht haben. Doch

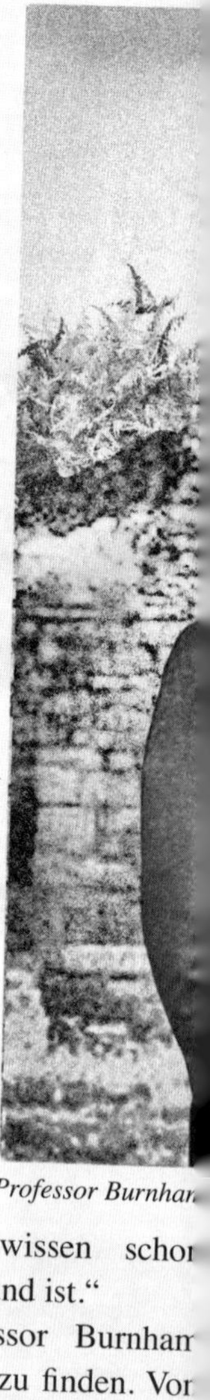

Professor Burnhan

wir wissen schon
dertfund ist.“
Professor Burnhan
Grab zu finden. Vor
ben und in den Stein
sich der Maya-Fo

ELES POST

seine Mitarbeiter Salvador Pérez und Chase Meadows und ein einheimischer Junge.

jetzt, dass es ein Jahrhun-

hofft nun, auch Tunchans Wandmalereien, Grabbeigagehauenen Schriften erhofft scher, der in der Vergangenheit schon viele Hieroglyphen entschlüsseln konnte, neue Erkenntnisse über diese geheimnisvolle untergegangene Kultur.

für jeden eine – Chase!

»Wow«, sagte Peter beeindruckt, nachdem er den Artikel überflogen hatte. »*Sie* haben Yaxché gefunden? Sie waren auf einer richtigen Urwaldexpedition?«
»In der Tat, das war ich. Jahrelang hatte ich nach der Stadt gesucht. Aber erst die Entschlüsselung einiger Schriftzeichen, die ich auf steinernen Stelen im Urwald gefunden hatte, brachte mich auf die richtige Spur. Es war eine große archäologische Entdeckung! Zwanzig Jahre ist das jetzt her.«
»Toll«, fand Peter. »Ist denn inzwischen alles ausgegraben?«
Der Professor nickte. »Man kann Yaxché mittlerweile sogar besichtigen.«
»Aber Tunchans Grab wurde nicht gefunden, nicht wahr?«, fragte Bob.
»Ich habe ein Grab gefunden«, antwortete der Professor. »Aber ich glaube nicht, dass es das Grab des Königs war. Ich tippe eher auf das Grab eines seiner Kinder oder Enkel. Es fehlten die wertvollen Grabbeigaben, die für einen so großen Herrscher üblich waren.«
»Aus Jade zum Beispiel?«, schlug Bob vor.
Der Professor nickte anerkennend. »Ich gehe davon aus, dass sich Tunchans Grab im Sternentempel befindet, der allerdings noch gefunden werden muss. Der Urwald hat noch längst nicht alle seine Geheimnisse preisgegeben.«
Die drei Detektive warfen einander kurze Blicke zu. Schließlich räusperte sich Justus.
»Wir haben Ihnen nicht die ganze Wahrheit gesagt, Professor Burnham. Wir sind zu Ihnen gekommen, weil wir uns für Tunchan und sein Grab interessieren, ja. Aber nicht wegen eines Schulprojekts. Sondern weil wir das hier gefunden

haben.« Der Erste Detektiv öffnete seinen Rucksack und holte die Figur heraus. Vorsichtig schlug er das Stück Stoff, in das er sie gewickelt hatte, zurück.
Professor Burnham schnappte hörbar nach Luft. Mit aufgerissenen Augen starrte er die Figur an. »Woher habt ihr die?«
»So seltsam das klingt – sie tauchte plötzlich im Gebrauchtwarenhandel meines Onkels auf.«
»Im Gebrauchtwarenhandel!?«
»Ja. Wie sie dorthin kam, ist uns selbst ein Rätsel. Ein Rätsel, das wir gern lösen würden. Wir sind nämlich Detektive.«
»Detektive«, wiederholte der Professor tonlos, den Blick noch immer auf die Figur gerichtet.
»Ganz recht. Wir haben bereits Nachforschungen angestellt und glauben, dass diese Figur König Tunchan darstellt.«
»Ja«, sagte Burnham leise und strich sich mit der einen Hand über den Bart, während er die andere nach der Figur ausstreckte, ohne sie jedoch zu berühren. »Ja, das würde ich auch so sehen. Das halbe Ohr …«
»Wissen Sie, ob die Figur wirklich von den alten Maya stammt? Oder wurde sie erst in jüngerer Zeit angefertigt?«
Nun traute sich Professor Burnham doch, die Statue in die Hand zu nehmen. Er betrachtete sie von allen Seiten und schwieg minutenlang, bevor er schließlich sagte: »Ich halte sie für echt. Das ist wirklich unglaublich. In Yaxché wurde nichts dergleichen gefunden. Und doch muss sie von dort stammen, denn das war nun mal Tunchans Reich.«
»Aber Sie haben doch auch einen«, sagte Peter.
»Wie bitte?«, fragte der Professor irritiert.
»Einen Tunchan. Sie haben auch einen. Dort im Regal.«

»Tatsächlich, Peter«, sagte Justus beeindruckt. »Die Gesichtszüge, das halbe Ohr … das ist meiner Aufmerksamkeit entgangen. Der Kopf stellt Tunchan dar, nicht wahr, Herr Professor?«
Professor Burnham nickte und leckte sich unruhig die Lippen. »Ja. Ja, das stimmt.«
Der Erste Detektiv trat näher heran und strich mit dem Finger über den glatt polierten Stein. »Er ist ebenfalls aus Jade.«
Wieder nickte der Professor.
»Aber Sie sagten doch gerade, in Yaxché sei nichts dergleichen gefunden worden. Stammt dieser Kopf denn nicht aus Yaxché?«
»Ich … weiß es nicht.« Der Professor wirkte jetzt sichtlich nervös.
»Aber Sie müssen doch wissen, woher Sie dieses Artefakt haben.«
»Ich habe es geschenkt bekommen.«
»Und von wem?«
Der Professor antwortete nicht.
Justus runzelte die Stirn und entschied sich, mit offenen Karten zu spielen. »Wir haben Ihnen immer noch nicht unsere ganze Geschichte erzählt, Professor Burnham. Uns ist nicht nur die Figur in die Hände gefallen. Sondern auch das hier.« Er zog das Stück Amatl aus der Tasche, rollte es auseinander und zeigte es dem Professor.
Der machte noch größere Augen. »Was …«, begann er, brachte seine Frage vor lauter Staunen jedoch nicht zu Ende. »Woher …«
»Diesen Zettel haben wir in einem Loch unten in der Figur

gefunden«, erklärte Justus. »Wir glauben, dass es eine Karte ist.«
»Eine Schatzkarte!«, fügte Peter hinzu.
»Das ist natürlich nur eine Vermutung. Wir hatten gehofft, dass Sie uns beim Entschlüsseln der Hieroglyphen behilflich sein können.« Justus sah den Professor prüfend an. »Wer, sagten Sie, hat Ihnen diesen Jadekopf geschenkt?«
Der Professor erwiderte den prüfenden Blick, als versuchte er zu entscheiden, ob er den drei Jungen trauen konnte. »Also schön«, sagte er schließlich. »Ich erzähle euch die Geschichte. Dieser Kopf wurde mir vor einem halben Jahr mit der Post zugestellt. Ich weiß nicht, von wem. Das Paket hatte keinen Absender. Ich kann es mir nicht erklären. Ich weiß nur, dass der Jadekopf aus Yaxché stammen muss, weil er zweifellos Tunchan darstellt. Er könnte eine Grabbeigabe sein. Was bedeuten würde, dass jemand Tunchans Grab gefunden hat.«
»Also den Sternentempel«, sagte Bob.
»Möglicherweise. Aber warum mir ein Unbekannter dieses Artefakt zukommen lässt, kann ich mir nicht erklären. Ich konnte dieses Rätsel nicht lösen. Und das andere auch nicht.«
»Das andere?«, fragte Peter.
Der Professor nickte. »Wartet hier.« Er verließ den Raum. Bob nutzte seine Abwesenheit, um den Jadekopf und die anderen Kunstgegenstände zu fotografieren. Auch von dem Zeitungsartikel machte er Bilder.
Dann kehrte der Professor zurück. »Dieses Rätsel«, sagte er und zeigte ihnen einen Zettel, der den drei Detektiven sehr bekannt vorkam.

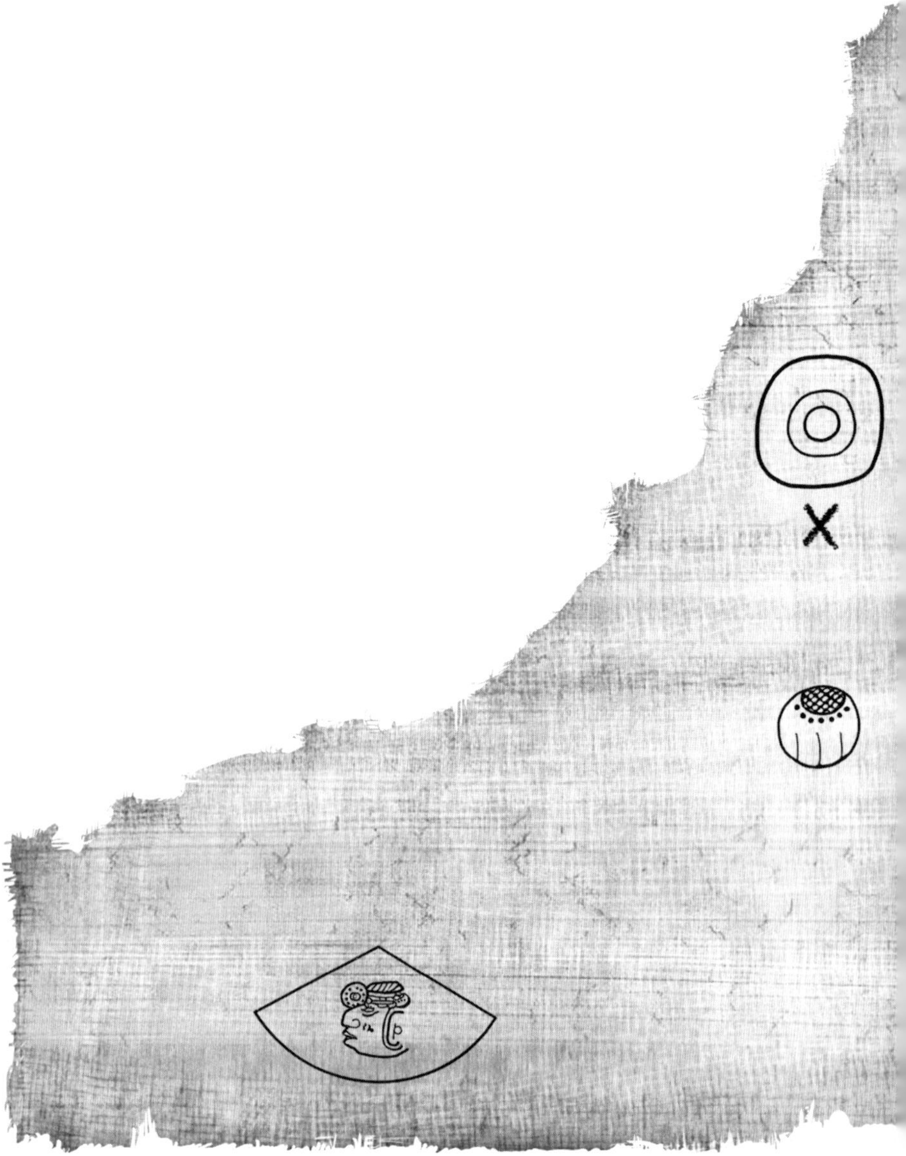

alifornia

»Eine zweite Karte!«, rief Peter. »Aber sie ist zerrissen. Woher haben Sie die?«
Burnham nahm den Tunchan-Kopf aus dem Regal und zeigte ihnen ein Loch auf der Unterseite, der Öffnung in ihrer Jadefigur ganz ähnlich. »Sie steckte hier drin. Wie bei euch.«
»Wie erklären Sie sich das?«, wollte Justus wissen.
»Ich kann es mir nicht erklären. Ich kann mir nur vorstellen, dass jemand mir einen Hinweis zukommen lassen wollte, weil ich nun mal der führende Wissenschaftler auf dem Gebiet der Maya-Forschung bin. Aber es ist mir noch nicht gelungen, diesen Hinweis zu entschlüsseln.«
»Aber wieso landet dann die Figur mit dem zweiten Zettel bei uns und nicht bei Ihnen?«, fragte Bob.
Niemand wusste darauf eine Antwort.
»Warum steht denn da ›California‹?«, fragte Peter irritiert.
»Das ist eine kleine Stadt auf Yucatán«, erklärte der Professor. »Und leider die einzige klare Angabe auf der Karte.«
»Vielleicht gab es eine weitere auf dem Teil, der fehlt«, überlegte Justus. »War die Karte von Anfang an zerrissen?«
»Ja. Nur diese Hälfte war in der Figur.«
»Vielleicht passt sie mit unserer irgendwie zusammen«, überlegte Peter und probierte, die Zettel aneinanderzulegen. Aber egal wie er sie dabei drehte und wendete – keine der Möglichkeiten ergab auf Anhieb mehr Sinn als die anderen.
»Haben Sie denn die Schriftzeichen entschlüsselt?«, fragte Justus. »Dieses hier ist auch auf Ihrem Stück zu sehen. Wir wissen, dass es ›Edelstein‹ bedeutet.«
Professor Burnham lachte. »Es *kann* ›Edelstein‹ bedeuten. Aber so einfach ist das leider nicht mit der Maya-Schrift. Die

Zeichen stehen entweder für ganze Wörter oder für einzelne Silben, die man mit anderen Zeichen zusammensetzen muss, damit sie Wörter ergeben. Gleichzeitig können viele der Symbole ein Substantiv, ein Adjektiv oder ein Verb sein.«
»Oje, Grammatik«, stöhnte Peter, der schon abschaltete, sobald er den Begriff ›Adjektiv‹ nur hörte.
»Hier haben wir es entweder mit ›Edelstein‹ zu tun oder mit ›Insel‹ oder mit dem Verb ›drehen‹.«
»Die beiden Hieroglyphen oben rechts sind auch identisch«, bemerkte Justus. »Wir haben herausgefunden, dass die erste ›göttlicher König Tunchan‹ bedeutet.«
»Stimmt. Und die zweite bedeutet ›Grab‹. Tunchans Grab. Die Hieroglyphen neben der Windrose bezeichnen Himmelsrichtungen. Auf den Rest kann ich mir keinen Reim machen. Noch nicht. Aber vielleicht in Verbindung mit eurem Teil. Ich brauche meine Fachliteratur. Und Zeit. Wenn ihr mir eure Karte einfach dalassen würdet …«
Justus verzog das Gesicht. »Verzeihen Sie, Herr Professor, aber das können wir leider nicht machen, solange wir nicht wissen, wem die Figur und damit auch die Karte gehören. Womöglich machen wir den rechtmäßigen Besitzer bald ausfindig. Schließlich ermitteln wir in diesem Fall.«
Der Professor nickte nachdenklich. »Das verstehe ich natürlich. Darf ich dann die Karte fotografieren? Damit ich mich mit den Schriftzeichen beschäftigen kann?«
Damit war Justus einverstanden. »Ich mache Ihnen einen Vorschlag. Wir fotografieren auch Ihre Karte, in Ordnung? Vielleicht finden wir selbst etwas heraus.« Er zwinkerte. »Mal sehen, wer das Rätsel zuerst löst.«

Skinny lief in seinem Apartment auf und ab wie ein eingesperrtes Tier. Er schwitzte fürchterlich, konnte aber mit dem Herumlaufen nicht aufhören. Wenn er stehen blieb, würde alles auseinanderbrechen, so fühlte es sich jedenfalls an. Wenn er stehen blieb –

Draußen auf dem Flur des Apartmenthauses näherten sich Schritte, die genau vor seiner Tür stoppten. Es klopfte. Skinny hielt den Atem an. Der Indianer war zurückgekehrt! Er hatte es sich anders überlegt und sein Ultimatum verkürzt! Jetzt ging es Skinny an den Kragen!

Es klopfte erneut. »Skinny?«, drang Sheryls Stimme durch die Tür. »Bist du da?«

Skinny stöhnte und öffnete. »Was schleichst du denn auf dem Flur herum! Wieso klingelst du nicht unten?«

»Die Haustür stand offen«, erklärte Sheryl unschuldig. »Was ist denn überhaupt los? Warum sollte ich kommen?«

»Es gab Ärger«, sagte Skinny, zog Sheryl in sein Apartment und schloss die Tür zweimal ab. Dann berichtete er ihr, was geschehen war.

»Oh nein!«, sagte Sheryl. »Und jetzt?«

»Und jetzt, und jetzt«, äffte Skinny sie nach und rief wütend: »Jetzt stecke ich in Schwierigkeiten!«

»Zum Glück ist dir diese Ausrede eingefallen«, sagte Sheryl bewundernd. »Dass dir hinter der Grenze angeblich jemand gefolgt ist und du die Figur deshalb versteckt hast. Total cool, das wäre mir nie in den Sinn gekommen.«

Mit einem Mal kam ihm Sheryl ungeheuer begriffsstutzig vor. »Das war keine Ausrede! Das ist wirklich passiert! Da war dieses Auto. Ein silberner Nissan. Eine ganze Stunde lang war er hinter mir. Ich habe Blut und Wasser geschwitzt, weil ich dachte, es sei der Zoll, der mich verfolgt. Aber ich konnte ihn abhängen.«

»Oh nein!«, sagte Sheryl erschrocken und runzelte dann die Stirn. »Aber warum sollte dich der Zoll verfolgen? Wenn die dich auf dem Kieker gehabt hätten, hätten sie dich doch sofort am Grenzübergang gefilzt, anstatt dich zu verfolgen.«

»Das weiß ich auch!«, entgegnete Skinny wütend. »Aber das ist jetzt alles völlig egal. Mir bleiben nur noch ein paar Stunden, bevor ich zu Zacharys indianischem Boten nach Dingsbums muss.« Er sah auf die Karte, die der Mann ihm gegeben hatte. Es war die Visitenkarte eines Motels. »Nach Woodland Hills. Zum Sunset Motel. Bis dahin brauche ich die Figur zurück!«

»Verdammt. Aber wieso ist dieser Zachary eigentlich nicht persönlich hier aufgetaucht?«

»Weiß ich doch nicht!«, blaffte Skinny sie an. »Ich weiß ja nicht mal, woher er meine Adresse hat. Aber das spielt alles keine Rolle, hast du mir überhaupt zugehört? *Ich brauche die Figur zurück!*«

»Willst du sie etwa von den drei Jungs zurückklauen?«

»Endlich denkst du mal mit. Ja, will ich. Und dazu brauche ich deine Hilfe.« Skinny begann wieder, im Apartment auf und ab zu laufen. »Diese neunmalklugen Nervensägen sind zu schlau, um sich einfach so beklauen zu lassen. Bestimmt haben sie die Figur in irgendeinem dämlichen supergeheimen Versteck. Wir müssen sie also überlisten. Wir brauchen einen Plan.«

Ausgetrickst!

Als die drei ??? zurück in Rocky Beach waren, fuhren Justus und Peter gleich zum Schrottplatz weiter, während Bob noch einen Abstecher in die Bibliothek machte, um sich mit Literatur über Maya-Hieroglyphen einzudecken.
»Das sind aber eine Menge Bücher«, staunte Peter, als Bob eine halbe Stunde später mit fast einem Dutzend Bänden im Rucksack die Zentrale betrat.
»Ja, und an der Hälfte hat Professor Burnham mitgeschrieben«, sagte Bob und stapelte den Lesestoff auf dem Schreibtisch. »Er ist wirklich ein absoluter Fachmann.«
»Ein Fachmann, der seine eigenen Bücher braucht, um Schriftzeichen zu entschlüsseln«, murmelte Justus. »Na ja, wir werden ja gleich sehen, wie kompliziert das alles wirklich ist.«
»Ziemlich«, sagte Bob. »Ich habe schon ein bisschen gelesen. Wusstet ihr, dass es auf der ganzen Welt nur vier erhaltene Handschriften der Maya gibt, die sogenannten Codices? Ansonsten standen einem nur die Hieroglyphen zur Verfügung, die man in Stein gehauen und auf Wände gemalt gefunden hat. Daraus musste man Stück für Stück die Schrift zusammenpuzzeln.« Bob schlug mit der flachen Hand auf den Bücherstapel. »Und das sind die Forschungsergebnisse.«
Peter seufzte. »Na, dann forsch mal schön. Wir haben inzwischen dein Foto von der Karte des Professors in Originalgröße ausgedruckt.« Er schob Bob die beiden Papiere hin.
Der dritte Detektiv seufzte schwer und schlug wahllos das

erstbeste Buch auf. Er beschloss, die Hieroglyphen auf den beiden Kartenteilen auf einen Zettel zu zeichnen, um sie besser mit den vielen Abbildungen in den Büchern vergleichen zu können. Er nahm ein Blatt Papier zur Hand, legte es zum Abpausen auf das Stück Amatl – und stutzte. »Kollegen! Seht mal!«

»Hast du schon was herausgefunden?«, fragte Peter und beugte sich neugierig über Bobs Schulter.

»Ja. Und zwar, wie die beiden Kartenteile zusammenpassen.« Er schob den Ausdruck des Fotos über ihr eigenes Original und hielt beide Papiere gegen das Licht der Schreibtischlampe. »Seht ihr die Markierungen hier unten links? Sie ergänzen sich! Und ›Edelstein‹ und ›Tunchans Grab‹ liegen direkt übereinander!«

»Wow, du hast recht, Bob! Jetzt sieht es noch viel mehr aus wie eine Karte. So funktioniert das also!«

»So funktioniert das«, bestätigte der dritte Detektiv zufrieden.

»Sehr gute Arbeit, Bob!«, lobte Justus und betrachtete die Karte. »Seht mal, dieses Symbol unten links: Es sieht aus, als würden sich die beiden Kuchenstücke zu einem Kreis ergänzen. Was bedeuten würde, dass es noch einen dritten Teil geben muss, der den Kreis vervollständigt.«

»Einen dritten Teil, oje«, sagte Peter.

»Das Rätsel, wie die Kartenteile zusammengefügt werden müssen, haben wir gelöst«, fasste Bob zusammen. »Aber schon ist das nächste aufgetaucht: Wo ist Teil drei?«

Es war schon wieder bullenheiß in Mikes Kastenwagen. Skinny hasste dieses Auto. Er hasste es wie die Pest. Und Sheryl, die neben ihm saß und ihm unentwegt Fragen stellte, ging ihm gerade mächtig auf die Nerven. Sie sollte einfach tun, was er sagte, und nicht einen auf Gangsterbraut machen! Aber anscheinend gefiel ihr diese Rolle wahnsinnig gut. Er wurde den Eindruck nicht los, dass sie vor allem deshalb seit einigen Wochen mit ihm rumhing: Sie wollte so cool sein wie er. Was ihm natürlich schmeichelte. Aber gleichzeitig konnte es auch sehr anstrengend sein.
»Und dieser Zachary ist ein richtiger Verbrecher?«, fragte sie.
»Himmel, Sheryl, das weiß ich doch nicht!«
»Aber du kennst ihn doch!«
»Ich kenne ihn nicht. Ich erledige nur einen Job für ihn.«
»Also kennst du ihn. Woher eigentlich?«
Skinny stöhnte. Das interessierte doch niemanden! Aber Sheryl würde nicht lockerlassen. Und bevor sie gleich Mist baute, wenn sie ihren Job für *ihn* erledigen sollte, befriedigte er lieber ihre Neugier. »Ich habe ihn nur ein Mal gesehen. Er ist ein Kumpel von einem Kumpel von einem Kumpel von Mike. Nicht wirklich Kumpel. Eher Auftraggeber. Was weiß ich. Er war jedenfalls mal im Knast.«
»Echt?« Sheryl fand das ungeheuer aufregend.
»Echt. Ich habe aber keine Ahnung, weswegen. Spielt auch keine Rolle. Mike hat mir erzählt, dass der Kumpel von seinem Kumpel jemanden kennt, der jemanden sucht, der nach Hermosillo in Mexiko fährt und auf dem Rückweg etwas über die Grenze schmuggelt. Und da ich so was Ähnliches schon mal gemacht habe –«

»Du bist ein richtiger Schmuggler!?« Wieder klang sie begeistert.
»Quatsch. Ich habe lediglich mal … Ist ja auch egal. Mike hat mich jedenfalls vorgeschlagen. Ich habe gefragt, ob es um Drogen geht, Mike hat Nein gesagt, also habe ich den Job angenommen. Er war gut bezahlt.«
»Und dieser Zachary?«
»Den habe ich dann einmal im Palisades Park getroffen. Er wollte wissen, mit wem er es zu tun hat. Er hat mir erklärt, wo genau ich hinfahren muss und was genau ich tun soll. Wir vereinbarten, dass ich zehn Tage wegbleibe. Wäre ich sofort wieder zurückgefahren, wäre man an der Grenze womöglich misstrauisch geworden. Aber nachdem ich die Schatzkarte gefunden hatte, versuchte ich, mehr herauszukriegen. Ich hatte ja reichlich Zeit. Ich fand all das raus, was ich dir über Tunchan und Yaxché und den Sternentempel erzählt habe. Aber mehr halt nicht. Also bin ich früher zurückgefahren, um die Schatzkarte hier zu entschlüsseln.«
»Entschlüsseln zu lassen«, erinnerte Sheryl ihn überflüssigerweise. »Weil du es selbst nicht hingekriegt hast.«
Skinny schluckte alle Antworten, die ihm auf der Zunge lagen, herunter. Er durfte es sich mit Sheryl nicht verscherzen. Nicht jetzt. Er brauchte sie noch.
Zum Glück fand das Gespräch ein natürliches Ende, denn in diesem Moment erreichten sie ihr Ziel.
»Wir sind da«, sagte Skinny und parkte vor dem Schrottplatz. »Und jetzt gib dir Mühe, Sheryl!«
Sie warf ihm einen leicht verärgerten Blick zu. Zum ersten Mal, soweit er sich erinnerte. »Wie wäre es mit ›bitte‹?«

»Nicht nur der dritte Teil der Karte fehlt, Bob«, sagte Justus, »sondern auch das abgerissene Stück von Teil zwei.«
Peter legte die Stirn in Falten. »Der erste Teil steckte in einer Tunchan-Figur. Der zweite in einem Tunchan-Kopf. Also sollten wir den dritten ebenfalls in einem Tunchan-Dingsbums suchen! Nur wo?«
»Wir müssen herausfinden, woher die beiden Artefakte stammen«, sagte Justus. »Wer dem Professor den Kopf geschickt hat. Und uns die Figur. Wenn wir das wissen, finden wir vielleicht auch Tunchan Nummer drei.«
»Justuuus!«, hallte in diesem Moment Tante Mathildas Stimme draußen über den Schrottplatz. »Besuch für euch!«
Der Erste Detektiv wandte sich dem selbst gebastelten Periskop zu, mit dessen Hilfe man durch die Decke des Campinganhängers nach draußen sehen konnte. »Es ist Sheryl.«
»Was will die denn?«, fragte Bob.
»Justus besuchen«, sagte Peter und zwinkerte Bob zu.
»Besuch für *uns*, hat Tante Mathilda gesagt. Also kommt schon.«
Bob legte die Karten in eines der offenen Bücher und klappte es zu, dann verließen sie die Zentrale durch das Kalte Tor. Tunnel II zu nehmen wäre sicherer gewesen, da dieser direkt in die Freiluftwerkstatt führte, die vom Schrottplatz aus nicht einsehbar war. Aber meistens waren sie zu faul dazu, auf den Knien durch die sehr enge Wellblechröhre zu kriechen, und setzten darauf, dass niemand in ihre Richtung sah, wenn sie aus der Zentrale ins Freie traten.
Diesmal wurden sie jedoch sofort entdeckt. Sheryl runzelte die Stirn, als sie nacheinander aus dem Kalten Tor traten.

»Seid ihr gerade aus einem *Kühlschrank* gekommen!?«, fragte sie.
»Das sah nur so aus«, behauptete Peter.
Sheryl wollte Einwände erheben, winkte dann jedoch ab. »Ich habe gar nicht viel Zeit. Aber ich bin noch mal zurückgekommen, weil ich eine Idee hatte. Mein Lehrer für Kunstgeschichte kennt sich mit der Kultur der mittelamerikanischen Indianer sehr gut aus. Er hat sogar schon mal ein Buch darüber geschrieben.«
»Das ist aber nicht zufällig Professor Burnham, oder?«, wollte Peter wissen.
»Der unterrichtet doch gar nicht mehr«, erinnerte Bob ihn.
»Ach ja, stimmt.«
»Nein, ist er nicht. Aber ich habe gedacht, dass ich ihm die Figur mal zeigen könnte. Und diesen Zettel auch. Vielleicht fällt ihm etwas dazu ein. Ich würde die Figur auch gleich danach wieder zurückbringen, versprochen.«
»Na ja«, sagte Justus zögerlich. »Wir sind eigentlich schon einen Schritt weiter. Wir waren vorhin bei einem sehr renommierten Fachmann für Maya-Kultur.« Er erzählte Sheryl in kurzen Worten von ihrem Besuch bei Professor Burnham. »Es ist sehr nett, dass du uns helfen willst, aber ich glaube, ehrlich gesagt, nicht, dass dein Lehrer mehr weiß als der Professor.«
Sheryl war sichtlich enttäuscht, obwohl sie sich Mühe gab, das nicht zu zeigen. Langsam begann sie, über den Schrottplatz zu schlendern, anscheinend in Gedanken versunken. Dabei führte sie die drei Detektive immer weiter vom Kalten Tor weg.

»Justuuus! Besuch für euch!«
Skinny Norris hörte den Ruf von Mathilda Jonas gleich doppelt: Er wehte vom Schrottplatz über die Straße zu ihm herüber. Und er drang verzerrt aus den Kopfhörern, die er in die Ohren gesteckt hatte. Sie waren mit seinem Handy verbunden. Und das Handy wiederum mit Sheryls Handy. Sie ›telefonierten‹ gerade. Nur dass Sheryl nicht mit ihm sprach. Sie hatte ihr Telefon so in die Hosentasche gesteckt, dass das Mikrofon oben herausguckte. Auf diese Weise konnte Skinny alles belauschen, was in ihrer Nähe gesprochen wurde.
»Seid ihr gerade aus einem *Kühlschrank* gekommen?«, hörte er ihre Stimme laut und deutlich.
Aha, ein Kühlschrank also. Der Eingang zu diesem albernen Clubhaus, das die drei Pseudodetektive sich zusammengebastelt hatten. Aber mit ein bisschen Glück musste er diesen Kühlschrank gar nicht finden. Plan A sah nämlich vor, dass Sheryl ihnen die Figur einfach abschwatzte.
Doch Skinnys Hoffnung wurde enttäuscht. Die drei neunmalklugen Streber waren natürlich sofort zum nächsten auffindbaren Professor gelaufen.
»Und wo ist die Figur jetzt? Bei diesem Professor Burnham?«, fragte Sheryl gerade.
»Der hätte sie sehr gerne gehabt«, antwortete Baby Fatso alias Justus Jonas. »Aber wir haben sie ihm nicht überlassen. Die Figur ist … auf jeden Fall in Sicherheit.«
Im Clubhaus, ergänzte Skinny in Gedanken. Das hoffentlich hinter dem ominösen Kühlschrank lag.
Skinny öffnete die Fahrertür und stieg aus dem Wagen. Er überquerte die Straße und ging am Holzzaun entlang. Bis

zur Ecke und noch ein Stück weiter zu der Stelle, wo eine Feuerszene auf das Holz gemalt war. Ein Hund schaute in die Flammen. Das Auge des Hundes war ein Astloch, in das man seinen Finger stecken und einen Mechanismus betätigen konnte, der eine Geheimtür öffnete. Diesen versteckten Eingang gab es schon ewig, daher kannte Skinny ihn.
Jetzt musste er nur noch auf das Stichwort warten, das er mit Sheryl vereinbart hatte.
»Wir glauben daher, dass die Schatzkarte noch einen dritten Teil hat«, sagte Bob gerade. »Der Professor hat ein Stück, wir haben eins – aber eins fehlt noch.«
»Spannend!«, sagte Sheryl. »Und wo könnte das sein?«
»In einem weiteren Artefakt, das aus Yaxché stammt. Das ist nur eine Vermutung, aber eine bessere Idee haben wir gegenwärtig nicht. Wir werden nun also in diese Richtung weiterermitteln und versuchen, herauszufinden, woher die Figur und der Kopf überhaupt kommen.«
»Na schön, dann wünsche ich euch viel Erfolg dabei!«, seufzte Sheryl und spielte die Enttäuschte. »Ich kann euch wohl nicht mehr helfen, ihr seid einfach schneller als ich.«
»Wir werden dich auf jeden Fall über den Fortlauf der Ermittlungen auf dem Laufenden halten«, spielte Baby Fatso sich auf. »Schließlich hast du den Stein ins Rollen gebracht.«
»Gut. Ich bin gespannt. Aber sagt mal, wo ich schon mal hier bin – habt ihr eigentlich auch alte Kerzenständer? Ich suche noch einen für meine Freundin zum Geburtstag.«
Die Antwort bekam Skinny nicht mehr mit. Er hatte die Verbindung beendet. Mehr musste er nicht hören.
Kerzenständer war sein Stichwort.

»Da vorne«, sagte Justus und führte Sheryl in die hinterste Ecke des Gebrauchtwarencenters, in der sie neuerdings auf einem Tisch mit weißer Tischdecke das ganze Tafelsilber präsentierten: Bestecke, Serviettenringe und auch Kerzenständer. »Ist es das, was du –«

Der Erste Detektiv unterbrach sich. Etwas stimmte nicht. Ein Geräusch hatte ihn alarmiert. Ein vertrautes Geräusch, an dem aber trotzdem etwas nicht richtig war.

»Was ist denn los, Just?«, fragte Peter besorgt. »Du guckst so komisch.«

»Das Kalte Tor!«

»Was ist damit?«

»Es hat gequietscht«, sagte Justus und setzte sich in Bewegung.

»Es hat gequietscht?«, wiederholte Bob irritiert. »Aber es ist doch niemand von uns –« Da begriff er. »Schnell, Peter! Jemand ist in der Zentrale!«

Sie ließen Sheryl stehen und rannten über den Platz.

Da! Die Kühlschranktür schlug gerade wieder zu und eine dunkel gekleidete Gestalt rannte davon und verschwand hinter dem Schrottberg, unter dem die Zentrale versteckt war.

»Den schnapp ich mir!«, rief Peter wütend und überholte den Ersten Detektiv.

Hinter dem Schrottberg steckte der Dieb in der Falle. Dort endete das Grundstück der Familie Jonas. Und der Zaun war zu hoch, um drüberklettern zu können.

Doch als Peter den aufgehäuften Schrott umrundet hatte, war niemand mehr zu sehen!

Stattdessen lehnte eine verbogene Aluminiumleiter am Zaun.

»Verflixt!«, rief Peter, sprang auf die Leiter und kletterte sie hinauf. Er schwang sich über die Bretter und ließ sich geschickt auf die andere Seite fallen.
Er sah gerade noch, wie der Kerl um die Ecke rannte. Peter flitzte hinterher. Doch als er die Kreuzung erreichte, war der Mann verschwunden!
Es gab nur zwei Möglichkeiten. Entweder war er die Straße hinuntergerannt und vielleicht in einen der Gärten abgebogen oder er war den schmalen Pfad zum Coldwell Hill hinaufgelaufen. Peter entschied sich für den Pfad, denn das wäre seine Wahl gewesen.
Der Pfad stieg steil an und schon bald geriet der Zweite Detektiv ins Keuchen. Immer wieder blieb er lauschend stehen und spähte dabei in das Gelände. Aber der Unbekannte blieb verschwunden. Nach einer Weile musste Peter sich seine Niederlage eingestehen. Vielleicht war der Mann doch auf der Straße geblieben. Oder aber er hatte den Pfad verlassen, ohne dass Peter es bemerkt hatte, und war querfeldein gelaufen. So oder so – der Zweite Detektiv hatte ihn verloren.
Enttäuscht machte er kehrt und ging zum Schrottplatz zurück. Justus und Bob hatten bestimmt inzwischen herausgefunden, ob der Eindringling etwas gestohlen hatte.
Er wollte sich gerade dem Eingangstor zuwenden, da fing etwas seinen Blick ein. Unten am Zaun, dort, wo der Unbekannte drübergeklettert war, lagen verstreut einige Gegenstände auf dem Boden.
Peter trat näher und nahm das seltsame Sammelsurium genauer in Augenschein.

Cigarillos
20 CIGARILLOS SUPERIOR NR. 14
SPEAR
CHEWIN

05/16 09:47
Daily Mart
21348 Ventura Boulevard,
Woodland Hills CA 91364
Thanks for shopping at Daily Mart
SPEARGUMS 1.20
MORLEY CIGARS 7,80
POCKET LIGHTER 1,10
Subtotal 10,10
Total Due 10,10
CASH 11,00
Change 0,90
5 STRIPES
Morley
CIGARILLOS

Peter ging in die Hocke und hob alles auf. Er betrachtete die Sachen nachdenklich, dann ging er zum Roten Tor, weil das der kürzeste Weg war. Die Geheimtür, die direkt in die Freiluftwerkstatt führte, war seltsamerweise nicht richtig geschlossen. Der Zweite Detektiv runzelte die Stirn und machte sie extra fest zu, nachdem er hindurchgetreten war.
Bob und Justus standen gemeinsam mit Sheryl vor dem Kalten Tor. Als seine Freunde ihn bemerkten, eilten sie auf Peter zu. »Hast du ihn erwischt?«
»Nein. An der Kreuzung hat er mich abgehängt. Ich weiß nicht, wohin er gelaufen ist. Er war echt schnell. Was hat er mitgehen lassen? Er hat doch etwas gestohlen, oder?«
Justus nickte grimmig. »Die Figur. Er hat die Maya-Figur entwendet.«
Peter schlug wütend mit der Faust gegen die Kühlschranktür. »Ich wusste es! Das war nicht einfach irgendein Dieb, der zufällig unsere Geheimtür entdeckt hat! Woher wusste er vom Kalten Tor? Und woher von der Figur?«
»Da fällt mir nur eine Erklärung ein«, sagte Bob. »Es war tatsächlich eine Übergabe geplant. Heute Morgen hat jemand die Figur auf dem Schrottplatz deponiert, damit jemand anders sie jetzt am Nachmittag abholt. Wir hätten sie nie finden sollen.«
Peter sah zum Ersten Detektiv, ob dieser Bobs Theorie zustimmte. Doch Justus zupfte nur an seiner Unterlippe und sagte gar nichts.
»Und was machen wir jetzt?«, fragte der Zweite Detektiv in die Stille hinein.
»Weiterermitteln, was sonst«, meinte Justus. »Zum Glück

hat der Dieb eines übersehen. Nämlich dass die Karte nicht mehr in ihrem Versteck in der Figur ist. Wenn er überhaupt von der Karte wusste.«

Peter seufzte erleichtert. »Wenigstens etwas.«

»Er hat die Karte übersehen?«, fragte Sheryl ungläubig. »Wo … wo ist sie denn?«

»Sie lag in einem der Bücher«, antwortete Bob.

»Glück gehabt. Aber ab jetzt werden wir ein richtiges Versteck verwenden. Ich lege sie nachher ins Regal hinter die Lexikonreihe, da findet man sie nicht so schnell.« Justus trat unruhig von einem Fuß auf den anderen. »Angesichts dieses unerfreulichen Rückschlags ist es dringend erforderlich, dass wir sofort weiterermitteln. Ich will dich nicht rauswerfen, Sheryl, aber …«

Sheryl winkte ab. »Ich verstehe schon, Justus. Es tut mir wirklich leid für euch, was passiert ist.« Sie schob ihre Brille auf der Nase hoch. »Dann werde ich mal wieder. Vielleicht melde ich mich noch mal, wenn das in Ordnung ist.«

»Jederzeit«, sagte Justus und lächelte. Etwas stimmte nicht an diesem Lächeln, aber das bemerkten nur Peter und Bob.

Nachdem Sheryl sich verabschiedet hatte und auf den Ausgang zusteuerte, wandte Justus sich an den Zweiten Detektiv. »Folge ihr!«, flüsterte er.

Peter schluckte. »Wie bitte?«

»Geh Sheryl hinterher, unauffällig natürlich.«

»Aber, Just …« Doch ein Blick in Justus' Augen machte Peter klar, dass weitere Fragen jetzt unangebracht waren. Also folgte er Sheryl.

Mit verkrampften Händen am Lenkrad saß Skinny im glühend heißen Kastenwagen und wartete. Zum Glück dauerte es nicht lange, bis Sheryl auf die Straße trat. Wie schon am Vormittag blickte sie nicht in seine Richtung, sondern ging bis zur Kreuzung und bog dann links ab.
Skinny wollte gerade losfahren, da sah er plötzlich den Schisser Shaw aus der Einfahrt treten.
Skinny kniff die Augen zusammen und konnte es kaum glauben. Der Kerl *folgte* Sheryl!
Anstatt sie wie geplant an der nächsten Straße aufzulesen, rief Skinny sie deshalb an.
»Skinny!«, meldete sie sich. »Was –«
»Schweig!«, unterbrach er sie barsch.
»Aber –«
»Du sollst die Klappe halten und mir zuhören! Einer der drei Vollidioten folgt dir! Dreh dich bloß nicht um, hörst du? *Nicht* umdrehen! Du hast es irgendwie vergeigt, sie sind dir auf die Schliche gekommen.«
»Ich hab's vergeigt!? Das musst *du* gerade sagen, Skinny!«
»Klappe. Du verhältst dich jetzt unauffällig und versuchst, Shaw irgendwie abzuhängen, verstanden? Und zwar, *ohne* dass er das merkt!«
Sheryl brummte wütend etwas Unverständliches, doch dann sagte sie: »Ich sehe gerade einen Bus die Straße raufkommen. Keine Ahnung, wo der hinfährt, aber da drüben ist eine Bushaltestelle. Wenn ich mich beeile …«
»Nimm ihn!«, befahl Skinny. »Und steig an der übernächsten Station wieder aus. Ich hole dich ab!« Er legte auf.
Es dauerte keine Minute, da fuhr der Bus die Querstraße

hinauf. Skinny ließ den Wagen an und folgte ihm. Im Außenspiegel sah er noch den vor sich hin fluchenden Peter, doch schon bald war der außer Sichtweite.
An der übernächsten Haltestelle stieg Sheryl aus. Sie kam zu ihm, riss die Tür auf, schwang sich auf den Beifahrersitz und funkelte ihn wütend an.
»Erstens, Skinny Norris: Erzähl mir nie wieder, ich soll die Klappe halten! Und zweitens: Bist du von allen guten Geistern verlassen? Wieso, zum Teufel, hast du die Schatzkarte liegen lassen!? Du wusstest doch, dass sie höchstwahrscheinlich nicht mehr in der Figur steckte!«
Skinny sah sie ungläubig an. »Ich habe was? Sheryl, ich weiß nicht, was für einen Stuss du gerade redest, aber ich habe gar nichts liegen lassen! Ich bin doch nicht mal in die Nähe dieses dämlichen Clubhauses gekommen, bloß in die Werkstatt hinter dem Zaun, weil plötzlich ein großes Geschrei ausbrach! Du solltest die Deppen doch weglocken, stattdessen hast du wer weiß was veranstaltet! Ich konnte mich gerade noch hinter der Werkbank verstecken, sonst hätten die mich gesehen!«
Sheryl starrte ihn an, als hätte er den Verstand verloren, was wiederum Skinny so wütend machte, dass er sie am liebsten aus dem Wagen geschmissen hätte. »Was glotzt du so dämlich?«, fauchte er sie an.
»Skinny«, sagte sie tonlos. »Es gibt zwei Möglichkeiten. Erstens: Du nimmst mich auf den Arm. Aber das glaube ich nicht. Zweitens: Du steckst in noch größeren Schwierigkeiten als gedacht. Die Figur *wurde* gestohlen. Aber wenn ich das richtig verstanden habe – nicht von dir!«

Bob und Justus nutzten die Zeit, in der Peter weg war, um den Weg des Diebes noch einmal nachzuvollziehen und Spuren zu sichern. Doch sie fanden keine. Als der Zweite Detektiv überraschend früh zurückkehrte, standen sie gerade in der Freiluftwerkstatt. Bob sah bereits an Peters Gesichtsausdruck, dass die Verfolgung nicht gut gelaufen war.
»Sie ist mir auch entwischt«, bekannte Peter zerknirscht und kickte eine Staubwolke in die Luft. »Da war plötzlich dieser Bus. Sie rannte, um ihn noch zu kriegen. Wenn ich hinterhergelaufen wäre, hätte sie mich gesehen. Das war nix. Aber jetzt erzähl mir wenigstens, *warum* ich Sheryl überhaupt verfolgen sollte, Just. Wenn du ihre Adresse haben willst, brauchst du sie doch nur zu fragen.«
»Sehr witzig, Zweiter. Statt dich weiter den Fantasien einer romantischen Verstrickung zwischen Sheryl und mir hinzugeben, solltest du dich lieber fragen, ob dir ihre beiden Besuche nicht ein wenig zu zufällig erscheinen.«
»Zufällig?«
»Sie tauchte das erste Mal just in dem Moment auf, als wir die Tunchan-Figur fanden«, half Bob ihm auf die Sprünge. »Und zum zweiten Mal, als sie uns gestohlen wurde. Genau genommen hat sie mit ihrer Frage nach den Kerzenleuchtern dafür gesorgt, dass wir uns so weit vom Kalten Tor entfernt wie möglich aufhielten.«
»Sie kannte sich ganz *zufällig* mit Maya-Kunst aus und konnte ganz *zufällig* eine der Hieroglyphen übersetzen«, fuhr Justus fort. »Und sie war diejenige, die die Schatzkarte gefunden hat. Das sind mir einige Zufälle zu viel. Es würde mich nicht wundern, wenn sie uns die Figur untergejubelt hat.«

Peter runzelte die Stirn. »Es stimmt zwar alles, was ihr sagt. Aber warum sollte Sheryl uns eine Maya-Figur unterjubeln und sie uns wenige Stunden später wieder wegnehmen?«
»Das gilt es herauszufinden. Wir müssen Sheryl auf jeden Fall im Auge behalten. Ich gehe davon aus, dass sie früher oder später noch mal hier auftaucht. Und natürlich verstecken wir die Schatzkarte *nicht* hinter den Nachschlagewerken. Dort werde ich stattdessen eine Mausefalle deponieren.«
»Böser Justus«, sagte Peter, als er das teuflische Lächeln des Ersten Detektivs sah. »Und bis deine Falle zuschnappt, können wir uns dem hier widmen.« Er leerte seine Hosentasche und legte Kästchen, Zigarillos, Feuerzeug, Kaugummis und Kassenbon auf die Werkbank. Dann erzählte er Bob und Justus, wo er die Sachen gefunden hatte. »Der Dieb muss sie beim Sprung auf die Straße verloren haben.«
»Rätselhaft«, meinte Justus und betrachtete die Pfeile aus der Nähe. »Ich habe keine Ahnung, was diese Dinger hier sein sollen. Sie sehen ein bisschen aus wie hölzerne Dartpfeile. Der Bon hier hingegen ist zum Glück sehr eindeutig.«
»Stimmt«, sagte Bob trocken. »Es ist ein Bon. Der den Kauf der Zigarillos und der Kaugummis belegt.«
»Ein Bon, auf dem eine Adresse, ein Datum und eine Uhrzeit stehen«, fuhr Justus fort. »Ventura Boulevard, Woodland Hills. Unser geheimnisvoller Unbekannter kaufte dort heute Morgen ein Päckchen Kaugummis, ein Feuerzeug und Zigarillos. Dann auf nach Woodland Hills, Kollegen! Je früher wir dort sind, desto größer ist die Chance, dass sich der Verkäufer noch an den Kunden erinnert!«

Skinny wich das Blut aus dem Gesicht. »Was soll das heißen, die Figur wurde gestohlen?«
»Das soll heißen, dass sie gestohlen wurde!«, rief Sheryl wütend. »Als ich die Jungs weglockte, ist jemand in dieses Clubhaus gegangen und hat sie mitgehen lassen! Ich dachte, das seist du gewesen, und habe mich noch gewundert, dass du die Schatzkarte zurücklässt!«
Skinny fuhr sich mit der Hand durchs Gesicht und durch die Haare. Er wusste überhaupt nichts mehr. »Was geht hier vor?«, fragte er tonlos. »Was … wer … wer war das?«
»Woher soll ich das denn wissen!?«
»Hast du den Dieb gesehen?«
»Natürlich nicht, sonst hätte ich ja nicht geglaubt, dass du es warst. Peter hat ihn für eine halbe Sekunde gesehen und ist hinterher. Er hat ihn aber nicht erwischt. Der Dieb ist über den Zaun geklettert und war dann weg. *Du* hättest ihn sehen können.«
»Ich war doch auf dem Gelände! Und da musste ich mich verstecken. Sobald die Luft rein war, bin ich wieder abgehauen und habe auf dich im Wagen gewartet. Ich wusste ja nicht, was los war. Verdammt. Was mache ich denn jetzt!?«
In dieser Sekunde klingelte Skinnys Telefon. »Nicht jetzt!«, knurrte er wütend. Er wollte den Anruf gerade wegdrücken, als er den Namen auf dem Display sah: Zachary.
»Was zur Hölle …« Skinny zögerte. Er wusste nicht, was richtig war. Sollte er rangehen? Vielleicht war das ein Riesenfehler. Vielleicht war es aber auch ein Fehler, *nicht* ranzugehen. Vielleicht würde sich alles logisch aufklären.
Skinny ging ran. »Hallo?«

»Skinner«, sagte eine tiefe Stimme. »Hier spricht Zachary.«
»Guten Tag, Sir.«
»Wo steckst du gerade?«
»Ach, äh … ich bin unterwegs.«
»In Mexiko?«
»Was? Nein. In Rocky Beach.«
Schweigen. Hatte er etwas Falsches gesagt?
»Du wolltest erst in vier Tagen wieder da sein«, sagte Zachary und er klang sehr verärgert.
Wie bitte? Aber Zachary wusste doch, dass er nicht mehr in Mexiko war! Er hatte schließlich seinen Indianer zu ihm geschickt. »Planänderung«, sagte Skinny einsilbig.
»Und wann wolltest du mir das mitteilen?«, fragte Zachary, wartete eine Antwort aber nicht ab. »Ich will die Figur. So bald wie möglich.«
»Ja, klar«, sagte Skinny nervös. »Ich habe ja schon eine Verabredung mit Ihrem Boten getroffen.«
»Mit meinem was?«
»Ihrem Boten. Mit dem Mann, den Sie geschickt haben, um von mir …« Skinny verstummte, denn eine schreckliche Ahnung stieg in ihm auf.
»Ich habe dir niemanden geschickt, Skinner«, sagte Zachary mit Grabesstimme.
Ohne darüber nachzudenken, legte Skinny auf. Er starrte Sheryl an, ohne sie wirklich zu sehen.
»Um Himmels willen, Skinny, was ist denn passiert!?«
»Eine Katastrophe«, stammelte Skinny. »Eine riesige Katastrophe. Ich bin geliefert!«

Sonnenuntergang

»Da wären wir«, sagte Peter eine knappe halbe Stunde später. Er parkte seinen roten MG am Straßenrand und stieg aus, Justus und Bob taten es ihm nach.

Sie standen im Gewerbegebiet von Woodland Hills, in dem es außer Supermärkten, Autowaschanlagen und billigen Motels nicht viel gab. Einzig die am Ende der Straßenflucht glutrot untergehende Sonne verlieh dem Ganzen in diesem Moment einen gewissen Reiz.

Der Daily Mart, ein kleiner 24-Stunden-Laden, wirkte in dieser Straße, in der niemand wohnte, ein wenig verloren. Als die drei ??? das in grelles Neonlicht getauchte Geschäft betraten, waren sie die einzigen Kunden.

Der Mann, der zusammengesunken hinter dem Tresen saß, schreckte aus einem Nickerchen hoch. Als er sie bemerkte, verfinsterte sich seine Miene. »Vergesst es«, brummte er. »Haut ab.«

»Äh … Verzeihung, Sir?«, fragte Bob, der sicher war, sich verhört haben zu müssen.

»Ihr sollt abhauen. Ihr seid noch keine einundzwanzig. Ich verkaufe euch keinen Alkohol.«

»Der Erwerb alkoholischer Getränke ist nicht der Grund für unsere Anwesenheit«, erläuterte Justus sachlich, was den Verkäufer sichtlich aus der Fassung brachte.

»Nein?«, fragte er irritiert. »Ach so. Na dann.«

»Genau genommen möchten wir gar nichts käuflich erwerben, sondern uns nach einem Mann erkundigen, der bei

Ihnen heute Morgen um neun Uhr siebenundvierzig eine Packung Kaugummis, ein Päckchen Zigarillos und ein Feuerzeug erstand.«

Der Mann lachte auf. »Willst du mich veräppeln?« Er wandte sich an Bob und fragte in vertraulichem Ton: »Will er mich veräppeln?«

»Nein, Sir. Es ist so: Ein Kunde von Ihnen hat auf der Straße etwas verloren. Wir haben es gefunden und würden es ihm gerne zurückgeben. Wir wissen, dass er hier war, weil er auch diesen Kassenzettel verlor.«

Der Verkäufer starrte lange auf den Bon. Schließlich entspannte sich seine gerunzelte Stirn. »Ihr meint das wirklich ernst, nicht wahr? Da sag doch noch mal jemand, die Jugend von heute sei verdorben. Das finde ich sehr …« Der Mann rang nach Worten.

»Nett?«, schlug Peter vor.

»Nett! Ja, das finde ich sehr nett von euch! Und soll ich euch etwas sagen – ich erinnere mich tatsächlich an den Mann. Weil er der erste Mensch seit Wochen war, der diese Zigarillos gekauft hat.«

»Können Sie ihn beschreiben? Oder uns sagen, mit was für einem Wagen er hier war?«

»Wagen … puh … nein, tut mir leid. Aber beschreiben kann ich ihn leicht. Er war Mexikaner, würde ich raten. Indianischer Abstammung, um genau zu sein. Ja, er sah sogar ziemlich indianisch aus. Klein, schwarzhaarig und mit diesen dunklen Augen und dieser Nase, ihr wisst schon. Ach so, und ich weiß auch, wo er wohnt!«

Das Telefon klingelte. Zum dritten Mal. Zachary. Skinny drückte den Anruf weg. Ebenfalls zum dritten Mal. Das würde nicht ewig gut gehen. Irgendwann würde Zachary ihn erwischen. In echt, nicht am Telefon. Skinny konnte auf keinen Fall nach Hause. Wahrscheinlich hatte Zachary dort schon ein paar Schläger postiert, die auf ihn warteten. Andererseits …

»Moment mal!«, murmelte Skinny. Sheryl auf dem Beifahrersitz sah ihn fragend an. Sie standen noch immer an der Bushaltestelle, an der er sie aufgelesen hatte. »Zachary weiß gar nicht, wo ich wohne!«

»Bitte?«

Ein Funken Hoffnung stieg in Skinny auf. »Der Indianer war nicht Zacharys Mann. Keine Ahnung, *wer* er war, aber das spielt auch keine Rolle. Er hat mir Märchen erzählt, um mir die Figur abzuluchsen. Und wenn ich mich recht erinnere, nannte er Zacharys Namen auch erst, nachdem ich ihn erwähnte hatte. Er weiß nichts von Zachary! Was bedeutet, dass Zachary auch nichts von ihm weiß. Was wiederum heißt, dass Zachary meine Adresse in Little Rampart nach wie vor nicht kennt. Er kann mir nicht auflauern. Ich bin immer noch auf der sicheren Seite. Ich brauche nur die Figur zurück, dann rufe ich Zachary an, erkläre ihm alles und bin aus dem Schneider. Verstehst du?«

In Sheryls Gesicht stand der Zweifel in Großbuchstaben geschrieben und Skinny hatte schon wieder Lust, sie einfach aus dem Wagen zu schmeißen. Er brauchte jetzt Unterstützung, keine Zweifel!

»Aber du hast die Figur doch nicht«, erinnerte sie ihn über-

flüssigerweise. »Und du weißt auch nicht, wer sie hat und wo sie steckt. Wie willst du –«
»Nicht ich«, unterbrach Skinny sie unwirsch. »Die drei Schlauberger. Sie werden irgendwie die Spur aufnehmen. Das tun sie immer. Und ich folge ihnen einfach. Ich –«
Ein alter roter MG rauschte an ihnen vorbei. Skinny erkannte den Wagen sofort. Und die drei Gestalten, die sich in seinem Inneren zusammenquetschten, ebenso.
»Das sind sie. Wow, das ging schnell.« Er ließ den Wagen an und folgte dem MG.
»Aber Skinny«, meldete sich Sheryl. »Du weißt doch gar nicht, wo die hinwollen! Vielleicht fahren sie bloß zum Strand oder so.«
»Das sind Berufsschlauberger, die fahren nicht an den Strand. Und außerdem liegt der in der anderen Richtung, wie begriffsstutzig kann man eigentlich sein!«
Sheryl verschränkte die Arme und schwieg beleidigt.
Skinny folgte den drei Armleuchtern mit so viel Abstand wie möglich. Die Fahrt ging nach Woodland Hills. Endlich sank die Sonne und es wurde ein wenig kühler, sodass Skinny die warme Luft aus dem Wagen bekam.
Immer wieder warf er einen ängstlichen Blick auf sein Handy, doch Zachary meldete sich nicht mehr. Er schien vorerst aufgegeben zu haben. Aber das würde nicht von Dauer sein.
Im Gewerbegebiet von Woodland Hills fuhr der rote MG rechts ran und hielt. Skinny überholte ihn und parkte ein gutes Stück weiter. Sein Blick fiel auf ein Schild am Straßenrand. Sunset Motel. Skinny riss die Augen auf.
Dies war die Adresse, zu der der Indianer ihn bestellt hatte!

»Was für ein toller Zufall, dass der Mann, den wir suchen, ausgerechnet in diesem Motel wohnt!«, sagte Peter, nachdem sie den Laden verlassen hatten und auf das Sunset Motel gegenüber zugingen.
»Überhaupt kein Zufall«, meinte Justus. »Der Laden lebt doch von den Motelgästen, die hier auf der Durchreise für eine Nacht absteigen und sich für den Abend vor dem Fernseher mit Getränken und Schokoriegeln versorgen.«
»Und mit Zigarillos«, fügte Bob hinzu. »Gut, dass der Verkäufer dem Indianer nachgesehen hat, als der zurück zum Motel ging.«
Kurz darauf standen sie vor dem U-förmigen Gebäude mit zahlreichen Türen, die alle auf den offenen Hof hinausgingen. Die obere Etage war über zwei wacklig aussehende Metalltreppen zu erreichen. Alles war in das gelbe Licht von vier oder fünf spinnenwebverhangenen Funzeln getaucht.
»Es gibt achtundzwanzig Türen«, stellte Bob fest. »Wie sollen wir herausfinden, hinter welcher unser Dieb wohnt?«
»*Wenn* er hier überhaupt noch wohnt«, warf Peter ein. »Vielleicht ist er inzwischen abgereist.«
»Wir fragen einfach an der Rezeption«, beschloss Justus.
Die Rezeption war in einem kleinen Häuschen vor dem eigentlichen Motel untergebracht. Hinter der offenen Tür saß am Tresen ein Mann, der seinen Blick starr auf einen lauten Fernseher gerichtet hatte. Es lief ein Baseballspiel. Er blickte erst auf, nachdem Justus sich lautstark geräuspert hatte. »Ja, bitte?«, knurrte er missmutig.
»Guten Abend, Sir. Wir sind auf der Suche nach einem Ihrer Gäste. Er hat in unserem Geschäft in Rocky Beach etwas

verloren, das wir ihm gern zurückbringen würden. Ich kenne seinen Namen nicht, aber er stammt wahrscheinlich aus Mexiko und ist indianischer Abstammung.«
Der Mann an der Rezeption hatte sich schon nach der Hälfte von Justus' Ausführungen wieder dem Fernseher zugewandt und sah auch jetzt nicht auf, als er antwortete: »Ja, ich weiß, wen du meinst. Leg's einfach auf den Tresen, ich gebe es ihm dann, wenn ich ihn sehe.«
»Verzeihen Sie bitte, wenn's Ihnen nichts ausmacht, würden wir lieber selbst ...«
»Zimmer sechs.«
»Danke, Sir. Und einen schönen Abend noch!«
Sein Gegenüber brummte bloß und die drei Detektive verließen das Häuschen.
»Und jetzt, Just?«, fragte Peter. »Klopfen wir einfach an?«
Der Erste Detektiv schüttelte den Kopf. »Wir schauen erst mal durchs Fenster auf der Rückseite, ob er da ist.«
Sie begaben sich hinter das Motel, wo überall dornige Büsche wuchsen. Die Zimmerfenster waren alle vergittert. Und hinter den meisten waren die Vorhänge zugezogen, auch vor Nummer sechs.
»Na toll«, sagte Peter enttäuscht.
»Vielleicht kann man durch einen Spalt sehen«, überlegte Bob. »Aber besser nur einer von uns.«
»Ich gehe schon«, seufzte Peter und kämpfte sich durch das Gestrüpp bis zum Fenster vor. Tatsächlich war der Vorhang nicht ganz zugezogen. Der Zweite Detektiv lugte durch den Spalt. Was er sah, ließ ihn nach Luft schnappen!

»Sunset Motel«, sagte Skinny und verglich die Adresse mit der auf der Visitenkarte, die der Indianer ihm in die Hand gedrückt hatte. »Das kann ja wohl kein Zufall sein.« Er warf einen Blick in den Außenspiegel. Die drei Schnüffelnasen betraten gerade einen kleinen Laden. Am Horizont verfärbte das letzte Abendrot den Himmel und es wurde rasch dunkler. »Sonnenuntergang. Verdammt.«

Die schmollende Sheryl, die die ganze Fahrt über kein Wort gesprochen hatte, wandte sich ihm erstmals wieder zu. »Kannst du mal aufhören, in Rätseln zu sprechen, Skinny? Das nervt.«

»Dies ist der Ort, an dem ich den Indianer treffen sollte, um ihm die Figur zu bringen«, erklärte Skinny nicht minder genervt. »Und zwar genau jetzt! Bei Sonnenuntergang! Aber das bedeutet: Wenn die drei Trottel dahinten wirklich auf der Suche nach der Figur sind – dann hat der Indianer sie gestohlen!«

»Vielleicht sind sie auf der Suche nach was ganz anderem«, überlegte Sheryl.

»Quatsch«, sagte Skinny und fasste einen Entschluss. »Ich muss wissen, was hier vor sich geht. Wenn der Indianer *mich* erwartet, stattdessen aber Tick, Trick und Track hier auftauchen, dann könnte das sehr interessant werden.« Er öffnete die Fahrertür und stieg aus. »Du bleibst hier und rührst dich nicht vom Fleck!«

Die drei Schnüffler verließen gerade den Laden und gingen auf das Motel zu. Es lag etwas von der Straße zurückgesetzt. Hinter einigen Fenstern brannte Licht, aber draußen war niemand zu sehen. Niemand außer den drei Schnüfflern, die

sich nach einem kurzen Besuch in der Rezeption nun am Motel vorbei in die Büsche schlugen.
Skinny folgte ihnen unauffällig. Er kletterte über einen niedergedrückten Drahtzaun auf das Brachgelände und schlich Richtung Motel. Inzwischen war es dunkel. Trockenes Gras raschelte unter seinen Füßen. Er musste aufpassen, wohin er trat.
Skinny erreichte das Rezeptionsgebäude und drückte sich an dessen Wand entlang bis zur Ecke. Vorsichtig lugte er herum – und erstarrte!
Der Kleine und der Dicke standen keine fünf Meter von ihm entfernt! Zum Glück blickten sie in die entgegengesetzte Richtung. In Zeitlupe zog Skinny seinen Kopf wieder zurück. Er wagte nicht, sich zu rühren oder auch nur zu atmen.
Dann hörte er Bobs leise Stimme: »Ich glaube, er kommt zurück, Just.«
Tatsächlich näherten sich Schritte.
Dann war Peter zu hören: »Just! Bob! Ich habe was gefunden!«
»Was denn?«
»Das müsst ihr euch selber ansehen, kommt mit!«
Schritte entfernten sich wieder, diesmal von allen dreien.
Skinny atmete auf. Das war knapp gewesen. Er musste vorsichtiger sein!
Doch die Erleichterung währte nur kurz.
Denn plötzlich klingelte sein Handy.
Und in der Stille des Abends erschien es ihm so laut wie eine Polizeisirene!

»Scht!«, machte Bob und blieb stehen. »Habt ihr das gehört?«
»Bloß ein Handy«, sagte Peter. »Wahrscheinlich von dem Typ an der Rezeption. Ist doch egal jetzt. Kommt, weiter!«
Der Zweite Detektiv führte sie durch das Gestrüpp bis zum letzten Fenster auf dieser Gebäudeseite. »Bitte sehr!«
Justus spähte als Erster durch den Spalt im Vorhang. »Volltreffer!«
Bob wurde ungeduldig. »Lass mich auch mal sehen!« Endlich trat Justus zur Seite.
Jemand hatte den kleinen Tisch an der Wand des karg eingerichteten Motelzimmers in einen Altar verwandelt. Im schwachen Schein einiger Kerzen stand –
»Tunchan! Da steht die Tunchan-Figur! Und jede Menge anderes Zeug.« Bob sah einige kleine verzierte Steinfiguren, aus denen es dampfte. »Was ist das? Duftlampen?«
»So etwas Ähnliches«, sagte Justus, der durch das geöffnete Fenster einen würzigen Geruch aus dem Zimmer wahrnahm. »Ich tippe auf Weihrauchgefäße. Eine Opfergabe für die Götter, zumindest bei den Maya, damals wie heute.«
»Wie heute?«, fragte Peter. »Aber die Maya sind doch ausgestorben. Untergegangen. Oder wie man das nennt.«
»Oh nein, sind sie nicht. Ihre Nachfahren leben noch heute. Und einige pflegen nach wie vor die alten Bräuche. Wie dem auch sei: Wir haben unsere Figur wiedergefunden. Und anscheinend hat sie für unseren Dieb eine große Bedeutung. Als würde er sie religiös verehren. Aber darauf können wir keine Rücksicht nehmen. Er hat sie uns gestohlen. Und wir holen sie jetzt zurück.«
»Du willst da einsteigen?«, fragte Bob.

»Wir können nicht beweisen, dass sich die Figur in unserem Besitz befand. Insofern würde es uns nichts nützen, die Polizei einzuschalten. Also bleibt uns nur diese Möglichkeit. Du bekommst die Tür doch mit dem Dietrichset auf, Zweiter?«
Peter spähte durchs Fenster zur Tür auf der anderen Seite des Raumes und überlegte nur kurz. »Dürfte kein Problem sein.«
Bob spürte jedoch Zweifel in sich aufsteigen. »Was ist, wenn es seine Figur ist? Wenn sie dem Indianer gehört? Dann würden wir sie stehlen. Habt ihr daran schon gedacht?«
»Durchaus, Bob. Aber dann hätte der Mann zu uns kommen und sich erklären können. Stattdessen ist er in unsere Zentrale eingedrungen. Dies veranlasst mich zu der Annahme, dass es eben *nicht* seine Figur ist.«
Dagegen fiel Bob kein Argument mehr ein, und so war es schnell beschlossene Sache: Peter würde das Türschloss knacken, während Justus und Bob Schmiere standen.
Sie kehrten zurück zur Vorderseite des Motels. Niemand war zu sehen und der Mann an der Rezeption ließ sich noch immer vom Fernseher beschallen.
Während Justus und Bob so taten, als wohnten sie hier und seien nur gerade vor die Tür getreten, um frische Luft zu schnappen, ging Peter so beiläufig wie möglich zur letzten Tür auf der linken Seite. Dort in der Ecke war zum Glück eine Glühlampe durchgebrannt, weshalb die Tür zu Zimmer sechs in relativer Dunkelheit lag. Der Zweite Detektiv begann, sich am Schloss zu schaffen zu machen.
Er war noch nicht weit gekommen, da öffnete sich plötzlich die Tür zu Zimmer Nummer sieben!

Als das Handy klingelte, bekam Skinny fast einen Herzinfarkt. Verflucht! Er riss es aus seiner Tasche und drückte den Anruf weg. Panisch lauschte er. Hatten die drei ihn gehört!? Doch die Schritte entfernten sich von ihm.

Skinny riskierte einen zweiten Blick um die Ecke. Drei Schatten steuerten auf die beleuchteten Motelfenster zu. Das war anscheinend noch mal gut gegangen!

Schnell schaltete er das Telefon lautlos, dann sah er nach, wer ihn angerufen hatte. Er rechnete mit Zachary, doch es war – Sheryl!

Skinny hätte beinahe vor Wut geschrien. Diese dämliche Kuh!

Dann dachte er, dass sie vielleicht dämlich war, aber *so* dämlich nun auch wieder nicht. Womöglich wollte sie ihn … warnen!?

Eilig wählte er ihre Nummer. »Du hattest hoffentlich einen sehr guten Grund, mich anzurufen«, raunte er.

»Der Indianer!«, keuchte sie aufgeregt. »Ich habe ihn im Außenspiegel gesehen! Ich weiß natürlich nicht, ob er es wirklich war, aber er sah so aus, wie du ihn mir beschrieben hast. Er ist in den Daily Mart gegangen, in dem die drei Jungs vorhin auch waren. Dann kam er wieder raus und steckte sich einen Zigarillo an. Aber er ging nicht direkt zum Motel, wie ich erwartet hatte, sondern schlich ins Dunkel. Er hat sich irgendwie komisch benommen. So als wüsste er, dass etwas im Gange ist. Er könnte ganz in deiner Nähe sein. Ich wollte dich auf jeden Fall warnen!«

Skinny schluckte. »Danke«, presste er hervor. »Aber ruf ab jetzt nicht mehr an!« Er legte auf.

Bis gerade eben hatte er vorsichtig sein müssen. Jetzt hieß es: Höllisch aufpassen!

Wieder warf er einen Blick um die Ecke. Die drei Rumschleicher standen nun vor dem letzten Fenster auf dieser Seite des Motels. Sie steckten die Köpfe zusammen und flüsterten miteinander. Nacheinander spähten sie immer wieder durch die Gitterstäbe in das Motelzimmer.

Sie planten irgendwas. Es sah sogar so aus, als planten sie einen Einbruch!

Dann verließen sie ihren Posten und gingen zur Vorderseite des Motels, wo der Dicke und der Kleine auffällig unauffällig mit den Händen in den Hosentaschen herumstanden, während der Große aus Skinnys Blickfeld verschwand.

Skinny überlegte noch, was zu tun war, als er ein Geräusch hörte.

Schritte auf vertrocknetem Gras. Und sie kamen näher!

Skinny zog den Kopf ein. Eine schemenhafte Gestalt schlich über das Brachgelände. Ein roter Punkt glomm auf und erhellte sehr kurz und schwach das Gesicht des Indianers! Der würzig-scharfe Geruch eines Zigarillos stieg Skinny in die Nase.

Der Indianer blieb stehen. Er hatte Andrews und Jonas entdeckt! Eilig ließ er den Glimmstängel fallen und trat ihn aus. Von nun an ließ er die beiden nicht mehr aus den Augen.

Und Skinny den Indianer nicht.

Im Geiste rieb er sich die Hände. Jetzt wurde es interessant!

Peter zwang sich zur Ruhe. Wer auch immer hinter ihm aus Zimmer Nummer sieben kam – es war längst zu spät, noch die Flucht zu ergreifen. Jetzt bloß ganz unauffällig bleiben!
»'n Abend«, sagte er und warf beiläufig einen Blick über die Schulter.
Ein Mann war nach draußen getreten. Er grüßte knapp zurück, schenkte Peter jedoch keine weitere Beachtung, während er seine Tür abschloss.
Da spürte der Zweite Detektiv endlich, wie ein Widerstand im Türschloss nachgab. Klickend sprang es auf. Peter betrat das Zimmer so selbstverständlich, als hätte er es gemietet. Er schloss die Tür jedoch nicht ganz, sondern blickte dem Nachbarn durch einen Spalt nach, bis dieser den nahen Parkplatz erreichte und außer Sichtweite war. Dann winkte er Bob und Justus herbei.
Erst als alle im Motelzimmer waren, atmete Peter auf. »Kurz dachte ich, jetzt ist alles aus«, seufzte er. »Aber der Typ hat sich gar nicht für mich interessiert.«
»Gut gemacht, Zweiter«, lobte Justus.
Dann sahen sie sich gemeinsam um. Vor dem Bett auf dem Boden stand eine geöffnete Reisetasche. Auf dem Stuhl lagen ein paar Klamotten und Kleinigkeiten. Darüber hinaus hatte der Dieb sich nicht großartig im Zimmer ausgebreitet. Sogar das Bett war gemacht. Vor dieser tristen Kulisse wirkte der Altar mit seinen dampfenden Weihrauchbehältern und den flackernden Kerzen umso beeindruckender.
»Das Räucherzeug stinkt ganz schön«, murmelte Bob, während er sein Handy zückte und ein paar Fotos schoss.
Justus wiederum widmete sich den Dingen, die auf dem

Stuhl lagen. Unter anderem die Quittung des Motels und eine schmale Brieftasche. Justus nahm sie zur Hand.
»Was Interessantes?«, erkundigte sich Peter.
»Nur ein paar Ausweise. Aber immerhin wissen wir jetzt, wie unser Dieb heißt: Tuyucim Florentino Ixmatá. Er ist Mexikaner.«
»Tuyucim Florentino Ixmatá«, wiederholte Peter murmelnd.
»In seinem Ausweis ist ein Visum für die Vereinigten Staaten. Er ist erst gestern eingereist.«
Bob machte auch davon schnell ein Foto. »Können wir jetzt wieder gehen? Ich möchte mich hier nicht länger als nötig aufhalten.«
Der Erste Detektiv nickte. »Du hast recht, Bob. Wir nehmen Tunchan mit und verschwinden.« Er wandte sich der Figur zu – und stutzte. »Oh. Oder auch nicht.«
»Was? Warum nicht?«
»Die Figur«, sagte Justus. »Seht sie mal genau an. Fällt euch daran nichts auf?«
Peter trat näher an den Altar. Doch er sollte nicht mehr herausfinden, was Justus meinte, denn plötzlich sirrte etwas durch die Luft und traf seinen Hals! Peter schrie vor Schreck und Schmerz auf und riss die Hand hoch. Etwas Kleines steckte in seiner Haut. Er zog es heraus. Es war ein kleiner hölzerner Pfeil.
Genau so ein Pfeil, wie er ihn in der Schachtel des Diebs gefunden hatte!

Skinny beobachtete, wie der Indianer zu demselben Fenster schlich, an dem gerade die drei Schlauberger gestanden hatten, und etwas aus seiner Tasche zog. Es sah aus wie eine Blockflöte. Und er hielt das Ding tatsächlich an seinen Mund.

Doch dann erkannte Skinny, was es war. Ein Blasrohr! Er kannte die Dinger nur aus dem Fernsehen. Einige Indianerstämme benutzten diese Waffen in Verbindung mit vergifteten Pfeilen bei der Jagd im Dschungel.

Er traute seinen Augen nicht, als der Indianer tief Luft holte und sie ruckartig ausstieß.

Ob er etwas traf, konnte Skinny nicht sehen. Aber er hörte einen Schrei. Und polternde Schritte.

Der Indianer legte einen zweiten Pfeil, oder was immer es war, ein und zielte erneut.

»Just, pass auf!« Der Ruf kam nur ganz gedämpft bei Skinny an, aber das war eindeutig die Stimme von Andrews. Wieder polternde Schritte. Dann schlug eine Tür zu.

Der Indianer fluchte, steckte sein Blasrohr ein und lief los.

Was die drei Klugscheißer taten, konnte Skinny nicht sehen, aber er hörte sie rufen. Kurz darauf rannten sie durch sein Blickfeld. Schisser Shaw hielt sich den Hals. Und der Indianer nahm die Verfolgung auf.

Da polterte es erneut, diesmal direkt neben Skinny, aus dem Rezeptionshäuschen. »Was ist denn da los!«, drang eine empörte Stimme durch die dünne Holzwand. Auf der anderen Seite verließ der Rezeptionist das Gebäude.

»Mr Florentino! Wo rennen Sie denn hin! Was ist denn das für ein Krach hier!«

Alles, was passierte, fand jetzt außerhalb von Skinnys Blickfeld statt. Er konnte lediglich hören, wie der Mann von der Rezeption und der Indianer lautstark miteinander debattierten. Von den drei Klugscheißern sah und hörte er nichts mehr.
Skinny verließ seinen Posten und eilte nun seinerseits zu dem Fenster, vor dem der Indianer gestanden hatte. Er blickte hindurch.
Die Maya-Figur sah im flackernden Kerzenschein beinahe lebendig aus. Skinnys Herz schien für einen Schlag auszusetzen.
Die Figur! Alles, was ihn von ihr trennte, war dieses blöde Fenstergitter. Er rüttelte testweise daran, doch es saß fest.
Und wenn er nach vorne zur Tür ging, würden ihn der Indianer und der Typ von der Rezeption sehen.
Es sei denn …
Skinny schlich zurück. Die beiden stritten immer noch.
»Es war ein *Einbruch*!«, brüllte er Indianer. »Und wenn Sie mich nicht aufgehalten hätten, hätte ich die Burschen erwischt!«
Skinny eilte weiter bis zum Parkplatz des Motels. Acht Wagen standen hier. Der Platz war erleuchtet, aber vom Rezeptionshäuschen aus nicht direkt einsehbar. Er holte einmal tief Luft, dann riss er mit aller Kraft am Türgriff des erstbesten Autos. Sofort jaulte die Alarmanlage los. Skinny lief zum nächsten Wagen, dann zum übernächsten, und überall rüttelte er an den Türen.
Innerhalb weniger Sekunden heulte und flackerte der gesamte Parkplatz.

»Gib Gummi!!«, rief Justus.
Bob trat aufs Gas. Röhrend nahm der MG Fahrt auf.
Justus blickte aus dem kleinen Heckfenster, doch niemand schien ihnen zu folgen. Schließlich wandte er sich Peter auf dem Beifahrersitz zu. »Zweiter, alles in Ordnung mit dir?«
»Hm … ja, geht schon wieder«, murmelte Peter, obwohl er noch etwas benommen wirkte. Die Wunde an seinem Hals sah nicht schlimm aus. Dennoch war Justus besorgt.
»Wir fahren ins Krankenhaus«, beschloss der Erste Detektiv.
»Wieso?«, murmelte Peter. »Ist jemand verletzt?«
»Peter, du bist von einem Pfeil getroffen worden. Einem indianischen Pfeil. Womöglich war das Geschoss vergiftet.«
Peter starrte ihn entsetzt an. »Vergiftet!?«
»So ein Blasrohr ist eine traditionelle Jagdwaffe und für gewöhnlich werden die verwendeten Pfeile in Gift getränkt. Hast du Atembeschwerden? Oder Herzrasen?«
Peter sah aus, als bekäme er allein von der Frage Atembeschwerden und Herzrasen. »Ich … ich weiß nicht …«
»Und deshalb gehen wir lieber auf Nummer sicher.«
Bob erreichte das Rocky Beach Memorial Hospital zwanzig Minuten später. Peter behauptete inzwischen, dass ihm nichts fehle, doch Bob und Justus hielten das Risiko für zu groß und brachten ihn in die Notaufnahme. Dort erklärte der Erste Detektiv einem jungen Arzt, dass Peter sich möglicherweise vergiftet hatte.
»Hast du etwas Verdorbenes gegessen?«, wurde Peter, der auf einer Liege saß, gefragt.
Der schüttelte den Kopf und reichte dem Arzt den kleinen Pfeil, den er die ganze Zeit fest umklammert gehalten hatte.

Der Arzt runzelte die Stirn.
»Es ist eine längere Geschichte, die jetzt zu weit führen würde«, versuchte Justus die Sache abzukürzen. »Stellen Sie sich einfach vor, wir wären im Urwald gewesen und Peter hätte den vergifteten Pfeil eines Indianers abbekommen.« Er wies auf die kleine Wunde an Peters Hals.
Der Arzt sah Justus an, als hätte dieser den Verstand verloren. Dann schien er zu begreifen. »Habt ihr mit Drogen experimentiert? Mit Pflanzensäften oder Hautsekreten von Fröschen? Habt ihr euch mit diesem Pfeil irgendwas injiziert?«
»Nein!«, rief Peter empört. »Es war so, wie Justus gesagt hat. Wir waren ... sozusagen im Urwald. Und da war dieser Indianer ... mit seinem Blasrohr ...«
»Er halluziniert anscheinend«, murmelte der Arzt.
»Ist er in Gefahr?«, fragte Bob besorgt.
»Wir werden sehen. Es war gut, dass ihr euren Freund hergebracht habt. Wir beobachten ihn und werden das hier untersuchen. Es wäre natürlich einfacher, wenn ihr mir sagen könntet, mit was für einer Substanz ihr da –«
»Wir wissen nicht, womit der Pfeil präpariert war. Oder ob überhaupt.«
»Also schön. Ihr zwei fahrt jetzt nach Hause. Wir kümmern uns um euren Freund.«
Peter sah Bob und Justus flehend an. »Erzählt meinen Eltern nichts, ja? Die flippen aus.« Er hob sein Handy hoch. »Das mache ich selbst.«
Sie versprachen es ihm. Dann wurden Justus und Bob vom Arzt nach draußen geschickt.

Nachdem es Skinny tatsächlich gelungen war, den Alarm bei sämtlichen auf dem Parkplatz stehenden Autos auszulösen, blieb ihm nicht viel Zeit. Schon eilten Schritte herbei.
Er setzte über die Hecke, die den Parkplatz umsäumte, und floh in die Dunkelheit. Aus sicherer Entfernung beobachtete er, wie der Indianer und der Mann von der Rezeption den Parkplatz erreichten. Und auch einige Motelbewohner, die vom Alarm aufgeschreckt ihre Zimmer verlassen hatten, kamen hinzu.
Als die Luft rein war, lief Skinny zu Zimmer sechs, links hinten in der Ecke. Die Tür war zu, aber nicht verschlossen. Skinny schlüpfte in den Raum und zögerte nicht. Er griff nach der Figur, wickelte sie in ein über die Stuhllehne gehängtes Handtuch, klemmte sich beides unter den Arm und huschte wieder nach draußen.
Er erreichte Mikes Kastenwagen ungesehen und sprang hinein.
Sheryl war bleich. »Skinny! Was ist denn passiert!?«
Aber für Erklärungen war später noch Zeit. Skinny ließ den Motor an und gab Gas.
»Skinny, nun rede doch!«
Wortlos drückte er Sheryl das Bündel in die Hand und sah, während er Fahrt aufnahm, dabei zu, wie sie es auswickelte. Sie schnappte nach Luft. Und Skinny musste vor Glück und Erleichterung plötzlich laut lachen. »Den blöden Idioten hab ich's *gezeigt*!«, rief er und stieß seine linke Faust aus dem offenen Seitenfenster dem Nachthimmel entgegen. »Alles wird gut, Sheryl! Ich werde gleich Zachary anrufen und ein Treffen vereinbaren. Ich werde ihm sagen, dass mit meinem

Telefon was nicht in Ordnung war. Ich werde ihm die Figur geben und danach nie wieder irgendwas mit der Sache zu tun haben.«

»Aber Skinny ...«, sagte Sheryl zaghaft. Zu zaghaft. Sie zweifelte schon wieder. Er hätte sie ohrfeigen können.

»Was?«, fragte er genervt.

»Das ... das ist nicht deine Figur. Sie sieht ihr ähnlich, aber ... es ist eine andere.«

Der geheimnisvolle Indianer

Bob fühlte sich völlig erschlagen, als sie den Schrottplatz erreichten.
»Ich gehe nur schnell ins Haus und sage Tante Mathilda Bescheid, dass ich wieder da bin«, meinte Justus.
Bob nickte und betrat die Zentrale. Auf dem Schreibtisch lag die Schachtel mit den Pfeilen, die Peter hinter dem Zaun gefunden hatte. Er nahm einen davon zur Hand und betrachtete ihn nachdenklich.
Justus war bald wieder da, in den Händen eine Auflaufform mit einer halben Lasagne. »Für uns«, sagte er. »Ist noch warm.«
Bob seufzte. Das war jetzt genau das Richtige! »Ich habe mir die Pfeile angesehen, die der Dieb verloren hat«, sagte er. »Wenn sie tatsächlich mit Gift präpariert sind, kann man es weder sehen noch riechen.«
»Dann sind sie es vielleicht ja nicht«, sagte Justus. »Das finde ich schon mal beruhigend.«
»Beruhigend«, wiederholte Bob und lachte bitter. »Wir haben es mit einem Maya zu tun, der nicht nur irgendwelche Jadefiguren so sehr verehrt, dass er dafür kriminell wird, sondern auch wie ein echter Indianer auf die Jagd geht. Allerdings nicht auf Tiere, sondern auf uns. Das finde ich alles Mögliche, nur nicht beruhigend.« Er schob sich die erste Gabel Lasagne in den Mund.
Schweigend leerten sie die komplette Schüssel, ohne sich die Mühe zu machen, den Inhalt auf Teller zu verteilen.

Bob war in Gedanken bei Peter. Und immer wieder spielte sich vor seinem inneren Auge die Szene im Motelzimmer ab: wie der Indianer das Blasrohr ein zweites Mal angehoben und auf Justus gerichtet hatte. Wie sie Hals über Kopf geflohen waren.

Plötzlich fiel dem dritten Detektiv etwas ein. Er legte seine Gabel beiseite. »Sag mal, Just – kurz bevor alles drunter und drüber ging, fragtest du, ob uns an der Figur nichts auffallen würde. Was hast du damit eigentlich gemeint?«

»Ach so, das. Schau mal nach! Du hast sie doch fotografiert.«

Bob holte sein Handy hervor und betrachtete die Fotos, die er im Motelzimmer gemacht hatte. Er brauchte nicht lange, bis er erkannte, was Justus bemerkt hatte. »Das ist ja gar nicht unsere Figur! Sie sieht ihr ähnlich, aber … es ist eine andere! Sie ist auch nicht aus Jade!«

Justus nickte. »Tunchan Nummer drei. Die Figur, die noch fehlt, wenn unsere Drei-Teile-Theorie stimmt. Im flackernden Kerzenlicht konnte man es nicht gut sehen, aber ich tippe darauf, dass sie aus Obsidian gefertigt wurde, einem schwarzen vulkanischen Glas, das bei den Maya ebenfalls sehr begehrt war. Zu dumm, dass wir sie nicht mitnehmen konnten! So, und nun will ich wissen, wer unser Giftpfeil-Indianer Tuyucim Florentino Ixmatá ist.«

Bobs Erschöpfung war verflogen. Justus hatte recht: Sie mussten weiterkommen in diesem Fall! Entschlossen schob er die leere Auflaufform beiseite, startete den Computer und gab den Namen des Mannes in die Suchmaschine ein. Schon der erste Treffer war – ein Volltreffer.

http://www.californianews.com/world/mexico-city-dem

Es ist ein heißer Vormittag in Mexico City, doch das hält die Demonstranten vor dem *Museo Nacional de Antropología*, dem völkerkundlichen Museum, nicht davon ab, lauthals Parolen zu rufen und ihre Transparente in die Luft zu recken.

»¡Robas a nuestra gente!«, rufen sie immer wieder – »Ihr bestehlt unser Volk!« Das ist der Vorwurf, den sich die staatlichen Museen im ganzen Land heute anhören müssen. Denn nicht nur in Mexico City, sondern auch in vielen anderen Städten haben sich Vertreter der indigenen Bevölkerung Mexikos zusammengefunden, um gegen ihre Lebensumstände zu protestieren.

Anführer dieser Protestbewegung ist Tuyucim Florentino Ixmatá, der selbst in einem kleinen Dorf inmitten des Urwalds von Yucatán aufgewachsen ist. »Die einheimische Bevölkerung Mexikos und auch der benachbarten Länder ist nach wie vor stark benachteiligt«, sagt Florentino. »Nirgendwo sind Arbeitslosigkeit und Armut in diesem Land so groß wie bei den über sechs Millionen Maya. Gleichzeitig stellt die mexikanische Regierung stolz die Kulturschätze dieses Landes zur Schau, vereinnahmt antike Stätten und sonnt sich im Glanz dessen, was unsere Vorfahren geschaffen haben. Die Maya haben Pyramiden gebaut, nicht die spanischen Einwanderer! Aber die Kulturschätze meines Volkes werden in Museen gehortet, die den meisten Maya verschlossen bleiben, weil sie sich nicht einmal die Eintrittspreise leisten können.«

Demonstration vor dem Museo Nacional de Antropología.
Rechts im Bild: Tuyucim Florentino Ixmatá, Anführer der Protestbewegung

Florentino fordert mehr soziale Gerechtigkeit. Außerdem erwartet er von der Regierung, dass die Verwaltung des kulturellen Erbes der Maya mit seinen uralten Stätten und Schätzen den Maya selbst überlassen wird. Doch angesichts der gesellschaftlichen Realitäten in diesem Land, in dem die indigene Bevölkerung noch immer diskriminiert und benachteiligt wird, dürfte dieses Ziel in weiter Ferne liegen.

»Den kenne ich doch!«, rief Bob, nachdem er das Foto betrachtet hatte.

»Natürlich kennst du ihn. Es ist der Mann am Fenster, der Peter beschossen hat.«

»Nein, das meine ich nicht«, sagte Bob und begann, in den Ausdrucken der Fotos zu wühlen, die er bei Professor Burnham gemacht hatte. »Da, wusste ich's doch!« Er schob Justus den abfotografierten Artikel über Professor Burnhams Entdeckung von Yaxché hin.

»Der kleine Junge!«, staunte Justus und verglich die beiden Fotos miteinander. »Du hast recht! Tuyucim Florentino Ixmatá war der Junge, der vor zwanzig Jahren neben Burnham und seinen Kollegen stand, als Yaxché entdeckt wurde! Altersmäßig kommt das hin. Höchst aufschlussreich. Ebenso wie der Artikel. Tuyucim ist also ein Maya, der sich für die Rechte seines Volkes einsetzt. Womöglich hat er es deshalb auf die Tunchan-Figuren abgesehen. Er ist vielleicht der Meinung, sie gehörten ihm und seinen Leuten.«

Bob runzelte die Stirn. »Wenn er als Junge bei den Ausgrabungen von Yaxché dabei war, hat er mitbekommen, wie das lief: Archäologen machten eine große Entdeckung, aber davon hatten die in dieser Gegend lebenden Indianer gar nichts, obwohl es quasi ihr Erbe ist, das dort entdeckt wurde. Das hat er wahrscheinlich als sehr ungerecht empfunden.«

»Was es ja auch ist«, sagte Justus. »Das gibt ihm allerdings trotzdem nicht das Recht, hier einzubrechen, Jadefiguren zu stehlen und mit Pfeilen auf uns zu schießen. Aber wenigstens wissen wir jetzt, mit wem wir es zu tun haben. Woher auch immer die Schatzkarte stammt: Falls sie wirklich den Weg

zum Sternentempel weist, will Tuyucim diese Entdeckung vielleicht dieses Mal selber machen. Oder sie sogar verhindern, wer weiß.« Justus begann, mit Daumen und Zeigefinger seine Unterlippe zu kneten. »Aber lassen wir die Frage nach dem Sternentempel mal außer Acht und kümmern uns um eine andere Auffälligkeit: Tuyucim Florentino Ixmatá, der als Kind bei der Entdeckung von Yaxché dabei war, besitzt eine Tunchan-Figur, die mutmaßlich von dort stammt. Ein weiteres Tunchan-Artefakt befindet sich – seit Kurzem und von unbekanntem Geber – im Besitz des damaligen Entdeckers Professor Burnham. Und die dritte Figur taucht urplötzlich bei uns auf. Die Frage ist demnach nicht nur, warum sie in dem Karton deponiert wurde, sondern auch, wer sie zuvor besessen hat.«
»Du meinst, sie hat vielleicht einer weiteren Person gehört, die damals im Urwald dabei war?«, fragte Bob.
»Denkbar wäre es, oder?«
Bob nahm den Zeitungsartikel aus der Los Angeles Post zur Hand und las die Bildunterschrift. »Die beiden anderen Männer auf dem Foto heißen Salvador Pérez und Chase Meadows.«
Justus sah auf seine Uhr. »Halb neun. Es ist noch nicht zu spät.«
»Wofür?«
»Um Professor Burnham anzurufen. Ich will wissen, was er uns über diese beiden Männer sagen kann. Und über den indianischen Jungen, der damals bei der Entdeckung von Yaxché dabei war.«

Es war ein Albtraum. Dieser ganze Tag, von heute Mittag bis jetzt – ein einziger Albtraum. Aber Skinny wachte einfach nicht auf.

Er befand sich auf einem leeren Parkplatz und betrachtete die Figur in seinem Schoß. Die bunten Lichter des benachbarten Hamburger-Restaurants spiegelten sich in deren schwarz glänzender Oberfläche. Nach Sheryls Entdeckung war er rechts rangefahren, sonst hätte er vielleicht noch einen Unfall gebaut.

Die falsche Figur. Wie war das möglich? Und wo war die richtige? Zachary würde ihn umbringen, wenn er ihm die Figur nicht brachte. Er würde ihn finden und umbringen. Oder Schlimmeres.

»Willst du nicht mal nachsehen?«, schlug Sheryl vor. Er hatte beinahe vergessen, dass sie neben ihm saß.

»Nachsehen?«, fragte er. Er wusste nicht, was sie meinte.

»Na, ob da auch eine Schatzkarte drinsteckt.«

Schatzkarte. Natürlich. Vor lauter Panik hatte Skinny daran überhaupt nicht mehr gedacht. »Hatte ich gerade vor«, behauptete er und drehte die Figur in seinen Händen. Tatsächlich, ein Loch im Boden. In dem etwas steckte.

Skinny fummelte es heraus. Ein Stück zusammengerolltes Amassel, oder wie das Zeug hieß. Skinny konnte es nicht fassen. Er rollte es auseinander. Der Zettel sah dem anderen sehr ähnlich, war aber nicht mit ihm identisch.

Und plötzlich war seine Panik verflogen. Das hatte er doch gewollt! Die Schatzkarte! Wenn er erst mal den Schatz hatte, konnte ihm Zachary egal sein. Er würde sich irgendwohin absetzen, wo Zachary ihn niemals fand.

»Es gibt drei Kartenteile, hast du gesagt«, wandte er sich aufgeregt an Sheryl.
»Das haben die Jungs behauptet, ja.«
»Ich habe zwei«, sagte Skinny. »Von dem Teil aus der Jadefigur habe ich ein Foto. Und nun diesen hier.« Zur Sicherheit machte er auch davon schnell ein Bild. »Und den dritten Teil hat dieser komische Professor. Aber die dämlichen Drei haben auch davon ein Foto gemacht, richtig?«
Sheryl nickte. »Haben sie jedenfalls gesagt.«
»Ein Foto, das sich sehr wahrscheinlich in ihrem Clubhaus befindet. Dessen Eingang ich kenne.« Skinnys Augen verengten sich in finsterer Entschlossenheit. »Zachary kann mich mal! Ich hole jetzt das, was mir zusteht!« Er ließ den Wagen an.
»Willst du *jetzt* zum Schrottplatz fahren?«, fragte Sheryl. »Ich glaube nicht, dass du dort schon freie Bahn hast. Die drei Jungs werden doch sicher noch da sein.«
Da hatte Sheryl dummerweise recht. »Wir fahren natürlich erst zu mir«, sagte Skinny, als hätte er das sowieso vorgehabt. »Dann überlege ich in aller Ruhe, wie wir vorgehen. Zuschlagen werden wir erst, wenn die drei Bettnässer in der Heia liegen.«
Voller Zuversicht, dass er nun doch noch sein Ziel erreichen würde, fuhr Skinny zurück nach Rocky Beach. Er parkte Mikes Wagen an der Straße. Mit der Figur unter dem Arm und Sheryl an seiner Seite ging er auf das Apartmenthaus zu. Plötzlich trat eine Gestalt hinter der Bepflanzung am Wegesrand hervor und stellte sich ihnen in den Weg. »So, *gringo*«, sagte der Indianer. »Jetzt reicht's.«

Professor Burnham war überrascht, so schnell wieder von den drei ??? zu hören. »Was ich euch über Salvador Pérez und Chase Meadows erzählen kann?«, wiederholte er am Telefon Justus' Frage. Der Erste Detektiv hatte ihm noch nichts von den Ereignissen der vergangenen Stunden berichtet. »Wenig. Sie waren damals meine Mitarbeiter. Nach meiner Entdeckung von Yaxché habe ich allerdings nicht wieder mit ihnen zu tun gehabt. Was Chase Meadows danach getrieben hat, weiß ich nicht. Salvador Pérez ist auf jeden Fall Archäologe geblieben und hat für ein Museum in Mexico City gearbeitet, soweit ich gehört habe.«

»Und der Junge, der auf dem Zeitungsfoto zu sehen ist? Tuyucim. Was hatte der mit der Expedition zu tun?«

»Tuyucim! Ja, richtig, so hieß der Kleine! Er war ein Einheimischer, der in einem Dorf in der Nähe lebte. Er tauchte plötzlich auf und wich uns nicht mehr von der Seite. Ein netter, aufgeweckter Bursche. Und sehr hilfreich. Er kannte sich aus im Urwald und erzählte von alten Steinen, die er auf seinen Streifzügen entdeckt hatte. Ich wurde natürlich neugierig und bat ihn, uns diese Steine zu zeigen. Es waren Maya-Stelen voller Hieroglyphen. Die Hinweise auf den Stelen ermöglichten uns schließlich, Yaxché zu finden. Der Junge blieb danach noch eine Weile bei uns im Camp und half bei den Ausgrabungen. So gelangte er wohl auch aufs Foto. Ich glaube, er ging eine Zeit lang davon aus, dass Yaxché nun irgendwie seinem Dorf und ihm gehörte, da er uns ja geholfen hatte und es seine Vorfahren waren, die die Stadt erbaut hatten. Ich erklärte ihm dann, dass das über tausend Jahre her war und dass Yaxché einzig der Wissenschaft ge-

hört. Irgendwann war der Junge dann wieder weg. Ich habe nie wieder von ihm gehört. Aber wieso fragst du mich nach ihm, Justus? Woher kennst du überhaupt seinen Namen?«
»Er ist in Kalifornien«, erklärte der Erste Detektiv und erzählte dem Professor in Kurzform vom Diebstahl der Figur, von der versuchten Zurückeroberung und ihrer unangenehmen Begegnung mit dem Indianer.
Der Professor schnappte hörbar nach Luft. »Er hat euch die Jadefigur gestohlen!? Und er selbst besitzt eine andere!? Aber das ist ja unglaublich! Wo ist der Junge jetzt?«
»Er wohnt im Sunset Motel in Woodland Hills. Aber der ›Junge‹ ist inzwischen ein erwachsener Mann und gefährlich. Ich würde Ihnen nicht raten, Kontakt zu ihm aufzunehmen.«
»Aber er kennt mich doch!«
»Wenn er sich noch an Sie erinnert, ja. Aber –«
»Justus, ich muss es probieren. Mich wird er nicht als Bedrohung ansehen. Wir haben uns damals gut verstanden. Vielleicht erzählt er mir, was das alles zu bedeuten hat!«
Justus dachte einen Moment darüber nach. »Sie haben recht. Einen Versuch ist es wert. Aber seien Sie vorsichtig!«
Doch da hatte der Professor schon aufgelegt.
»Na, der ist ja kaum zu halten«, sagte Bob.
»Ich bin gespannt, was dabei herauskommt. Dennoch würde ich mich gern noch um Meadows und Pérez kümmern.«
»Ich habe sie gesucht, während du telefoniert hast, Just. Über Meadows ist nichts rauszukriegen. Über Pérez schon. Er war Leiter des *Museo Nacional de Antropología* in Mexico City.«
»Aufschlussreich. Und was macht er jetzt?«
»Nichts mehr«, antwortete Bob. »Er ist tot.«

Skinny saß auf seinem Sofa und starrte auf die dunkel schimmernde Maya-Figur auf dem Tisch. Neben ihm hockte Sheryl. Der Indianer stand mitten im Raum. Skinny traute sich nicht, ihn anzusehen.

Draußen auf der Straße hatte der Kerl ihn blitzschnell gepackt, einen kleinen hölzernen Pfeil an seinen Hals gedrückt und ihm ins Ohr geraunt: »Eine Waffe meines Volkes. Die Spitze ritzt deine Haut, dann sickert das Gift in deine Blutbahn. Dein Herz wird gelähmt. Wir gehen jetzt in deine Wohnung. Verstanden?«

Skinny war keine Wahl geblieben.

Sheryl schon. Sie hätte abhauen können. Aber sie hatte es nicht getan.

Skinny wusste nicht, ob er lachen oder weinen oder seinen Kopf auf die Tischkante schlagen sollte. Hätte er ahnen können, dass der Mann ihm auflauerte? Ja. Aber hätte er auch damit *rechnen* müssen? Nein. Schließlich waren die drei Hornochsen in dessen Motelzimmer eingebrochen, nicht er. Hätte er doch bloß nicht an diesem Burger-Restaurant haltgemacht, dann hätte der Indianer ihn nicht überholen können! Aber nun war es zu spät.

»So, *gringo*. Erzähl mir von dem Spiel, das du spielst!«

»Ich spiele kein Spiel!«, beteuerte Skinny und hielt noch immer den Blick gesenkt. »Wirklich nicht!«

»*Sie* spielen doch mit uns«, sagte Sheryl und ihre Stimme klang kein bisschen ängstlich. »Sie sind uns heute Nachmittag zum Gebrauchtwarencenter gefolgt – oder woher hätten Sie sonst wissen sollen, wo sich die Figur befindet? Sie haben sie doch gestohlen, oder?«

»Gestohlen«, wiederholte der Indianer höhnisch. »Ich habe mir geholt, was mir gehört.«
»Wie haben Sie sie so schnell gefunden?«, fragte Sheryl.
»Sie hat mich gerufen«, antwortete der Mann rätselhaft.
»Sie haben also heute bei Sonnenuntergang am Motel nicht mit Skinny gerechnet, oder? Weil Sie die Figur schon hatten und wussten, dass er sie Ihnen nicht mehr bringen kann.«
Skinny wurde abwechselnd heiß und kalt. Sheryl redete sich um Kopf und Kragen. Merkte sie denn nicht, dass der Typ gefährlich war? Warum hielt sie nicht einfach die Klappe!?
»Ob er auftaucht oder nicht – es war mir egal. Aber da wusste ich noch nicht, dass ihr mit diesen drei Jungen zusammenarbeitet!«
»Dass wir … was?« Nun entfuhr Skinny doch ein Lachen.
Der Indianer fand das kein bisschen lustig. »Sie wussten, wo ich wohne. Woher? Von euch!«
»Sie sind Detektive«, erklärte Sheryl. »Sie werden es rausgefunden haben. Wir arbeiten *nicht* mit ihnen zusammen.«
»Das stimmt, Sir!«, bestätigte Skinny. »Sie sagt die Wahrheit!«
Der Indianer dachte einen Moment darüber nach. »Erzählt mir von den drei Jungen. Und was ihr über Tunchan wisst!«
Sheryl verschränkte trotzig die Arme. »Warum sollten wir das tun?«
Skinny warf ihr einen panischen Seitenblick zu. Was machte sie denn da!?
Doch da war es schon zu spät. Der Indianer trat blitzschnell auf ihn zu, packte ihn beim Kragen und hielt ihm den Giftpfeil unter die Nase. »*Du* erzählst es mir!«

Unter Druck

Salvador Pérez war vor wenigen Monaten gestorben, aber Justus und Bob fanden heraus, dass er eine Tochter hatte, die in Hermosillo lebte. Sie machten deren Telefonnummer ausfindig und Justus rief an.

»¿Sí?«, meldete sich eine weibliche Stimme.

Der Erste Detektiv stutzte kurz. Natürlich. Mexiko. Dort sprach man selbstverständlich Spanisch. Was Justus ein bisschen konnte. Aber eben nur ein bisschen. »Buenos días, Justus Jonas al aparato. Desearía hablar con la Señora Pérez.«

»Amerikaner, ja? Du kannst gern auf Englisch weiterreden, wenn du willst«, antwortete die Frau und ihr Englisch war weitaus besser als Justus' Spanisch.

»Danke, Señora«, antwortete der Erste Detektiv erleichtert. »Ich wollte eigentlich Señor Salvador Pérez sprechen …«

»Das tut mir leid, aber der ist vor einigen Monaten gestorben. Ich bin Maria Pérez, seine Tochter.«

»Ja, das habe ich gehört. Es tut mir sehr leid für Sie.«

»Schon gut. Er war lange krank. Kann ich weiterhelfen?«

»Vielleicht können Sie das, Señora«, sagte Justus und erklärte ihr kurz, dass sie Detektive waren und an einem Fall arbeiteten. »Es geht um ein altes Maya-Artefakt, das den Herrscher Tunchan darstellt. Eine Figur aus Jade, etwa zwanzig Zentimeter groß. Sagt Ihnen das was?«

»Aber ja, ich weiß, welche Figur du meinst. Sie gehörte meinem Vater. Seltsam, dass du mich danach fragst. Du bist jetzt schon der Dritte, der sich für die Figur interessiert. Ich muss dich allerdings enttäuschen, ich habe sie nicht mehr. Ich habe sie vor einigen Tagen verkauft.«

»Können Sie mir mehr darüber erzählen?«

»Gern. Ich hatte die Figur von meinem Vater geerbt. Aber nicht lange nach seinem Tod meldeten sich zwei Leute bei mir, die von der Figur wussten und sie kaufen wollten. Mir bedeutete sie nichts und ich brauchte Geld, um Vaters noch nicht abbezahltes Haus in Hermosillo nicht aufgeben zu müssen. Also nahm ich das höhere der beiden Angebote an.«

»Wer waren diese beiden Personen?«

»Der eine war ein junger Maya. Sein Name war etwas kompliziert …«

»Tuyucim Florentino Ixmatá?«

»Ja, genau! So hieß er. Der andere Mann gab sich etwas geheimnisvoll. Er nannte mir nur seinen Vornamen: Zachary. Der erhielt dann auch den Zuschlag. Er kam nicht persönlich vorbei, sondern schickte einen Boten mit Bargeld, so einen blassen Jungen, der nicht viel sagte. Er gab mir das Geld, nahm die Figur mit und ging wieder. Aber ich frage mich langsam, ob der Verkauf nicht ein Fehler war. Wer weiß, wie viele Leute deswegen noch anrufen. Was hat es mit dieser Figur denn überhaupt auf sich?«

»Das können wir schwer einschätzen, Señora. Wir wissen selbst nicht viel darüber. Wir vermuten, dass sie aus Yaxché stammt. Hatte Ihr Vater sie von dort?«

»Aus Yaxché? Nein. Mein Vater war zwar damals bei der Entdeckung von Yaxché dabei, aber die Figur hatte er nicht von dort. Er hat sie geschenkt bekommen, von seinem alten Kollegen Chase Meadows.«

Skinny erzählte dem Indianer alles. Wie er den Auftrag von Zachary bekommen hatte und nach Mexiko gefahren war. Wie er die Schatzkarte entdeckt und seine Pläne geändert hatte.

»Ich hatte noch ein paar Tage Zeit. Also habe ich mich um diese Karte gekümmert. Aber ich fand nicht viel heraus. Also fuhr ich zurück nach Rocky Beach, um hier weiterzuforschen. Kurz hinter der Grenze bemerkte ich, dass ich verfolgt wurde. Ein silberner Nissan war hinter mir her. Ich weiß nicht, wer das war, aber ich konnte den Wagen abschütteln.«

Der Indianer verzog seinen Mund zu einem Schmunzeln. »Konntest du nicht.«

Skinny runzelte irritiert die Stirn. »Wie bitte?«

»Du hast mich nicht abgeschüttelt. Sonst hätte ich nicht gewusst, wo du wohnst.«

»*Sie* waren das? Sie haben mich verfolgt?«

Er nickte lächelnd. »Bereits in Hermosillo. Ab dem Haus von Señora Pérez. Aber ich kam nicht an die Figur heran. Du hattest sie im Safe deines Hotels deponiert. Also musste ich warten. Als du abreistest, folgte ich dir. Über die Grenze bis hierher. Ich hätte dir die Figur gleich abnehmen sollen. Stattdessen suchte ich mir ein Motel und kam heute zurück. Doch da hattest du die Figur schon nicht mehr. Ich legte mich auf die Lauer und folgte euch, als ihr zum Trödelmarkt fuhrt.« Er wandte kurz den Kopf in Sheryls Richtung. »Ich habe dein Gespräch mit den drei Jungen belauscht. Lange genug, um von der Geheimtür hinter dem Kühlschrank zu erfahren.«

»Aber ich habe Sie nirgendwo gesehen!«

»Ich bin ein Schatten. Ein Windhauch. Niemand sieht mich,

wenn ich nicht gesehen werden will«, sagte der Indianer geheimnisvoll, bevor er aufs Thema zurückkam: »Ihr konntet also die Karte nicht lesen und habt sie deshalb den Jungen gegeben. Was ist mit deinem Auftraggeber, diesem Zachary? Was weiß er? Wer ist er?«

Nun war Skinny überrascht. Er hatte erwartet, dass Zachary und der Indianer alte Rivalen waren oder so etwas. Doch das schien nicht der Fall zu sein. »Ich ... ich weiß es nicht.«

»Lüg nicht!«, warnte der Indianer leise.

»Ich weiß es wirklich nicht!«, beteuerte Skinny. »Er hat mir nur den Auftrag gegeben! Er ist der Mann, der mich bezahlt, mehr nicht! Und der mich einen Kopf kürzer macht, wenn ich ihm die Figur nicht bringe.«

»Beschreib ihn!«

»Mittel... mittelgroß«, sagte Skinny und versuchte, sich zu konzentrieren. »Muskulös. Vielleicht vierzig bis fünfzig. Schwer zu sagen, denn er hatte einen dichten Vollbart. Rötliche Haare, im Bart schon etwas grau.«

»Ein *gringo*. Er hat kein Recht auf die Figur.«

»Aber Sie schon?«, fragte Sheryl forsch.

Der Indianer nickte. »Ich bin nicht der Böse. Ich will zurück, was mir gehört. Ich wollte die Figur von Señora Pérez kaufen. Aber der *gringo* hatte mehr Geld als ich. Trotzdem gehört sie nicht ihm. Sie gehört dem Volk der Maya. Alle Figuren gehören den Maya.«

»Alle drei?«, fragte Skinny.

Die Augen des Indianers verengten sich. »Woher weißt du, dass es drei sind?«

Und Skinny hatte das dumme Gefühl, zu viel gesagt zu haben.

»Chase Meadows hat Ihrem Vater die Figur geschickt?«, wiederholte Justus ungläubig.
»Ja. Kennst du ihn?«
»Dem Namen nach. Er war ebenfalls bei den Ausgrabungen von Yaxché dabei, nicht wahr?«
»Genau. Mein Vater hat allerdings nur selten von ihm erzählt. Die beiden hatten sich ganz aus den Augen verloren. Umso überraschter war er, als er vor einem halben Jahr, kurz vor seinem Tod, dieses Paket mit der Figur von Chase bekam. Es lag kein Brief dabei, das Paket hatte nicht einmal einen Absender. Nur ein alter amerikanischer Zeitungsartikel über die Entdeckung von Yaxché war noch drin. Der enthielt auch ein Foto von Chase und meinem Vater. Darunter stand eine kurze Notiz von Chase, irgendwas Merkwürdiges, ich kann mich nicht genau erinnern ...«
»›Für jeden eine‹?«, schlug Justus vor.
»Ja!«, rief Maria Pérez. »›Für jeden eine – Chase.‹ Das stand da! Mein Vater wusste nicht, was das bedeuten sollte. Er war aber auch schon zu krank, um sich weiter darum zu kümmern.«
»Das ist hochinteressant«, sagte Justus, der einige Dinge in neuem Licht sah. »Ich nehme an, auf dem Foto waren noch zwei weitere Personen abgebildet, habe ich recht? Ein Junge und ein Herr mittleren Alters.«
»Ja, genau, Professor Burnham, der Leiter der Expedition.« Sie lachte. »Der *fanfarrón.*«
»Wie bitte?«
»Der *fanfarrón.* Wie sagt man? Wichtigtuer? Mein Vater konnte ihn nicht ausstehen. Burnham war derjenige, der die

Interviews gab, der sich vor die Kameras stellte und Bücher herausgab. Und überall stellte er es so dar, als habe er Yaxché ganz allein entdeckt und alle Hieroglyphen selbst entziffert. Dabei hatte er eine Menge Mitarbeiter, die mindestens so schlau und tüchtig waren wie er. Aber er stand immer im Rampenlicht. Das hat meinen Vater geärgert.«

»Und Chase Meadows? Wie stand Ihr Vater zu ihm?«

»Das kann ich dir nicht sagen. Den hat er nicht oft erwähnt.«

»Ich danke Ihnen, Señora Pérez. Sie haben uns sehr geholfen.«

»Das freut mich. Was für einer Sache ihr auch immer auf der Spur seid – viel Glück!«

Justus bedankte und verabschiedete sich und legte auf.

»Das nenne ich einen durchschlagenden Erfolg!«, verkündete der Erste Detektiv und wandte sich an Bob. »Unsere Jadefigur stammt also von Chase Meadows. Und die des Professors anscheinend auch. Er hatte den gleichen Zeitungsartikel bei sich zu Hause. Mit der gleichen Notiz. Ich hatte mir über diesen Satz ›Für jeden eine‹ keine weiteren Gedanken gemacht, weil ich davon ausging, damit wäre ›Für jeden eine Kopie des Artikels‹ gemeint. Aber womöglich bedeutet es: ›Für jeden eine Tunchan-Figur‹!«

»Hatte der Professor nicht gesagt, er wisse nicht, von wem das Paket stamme?«, überlegte Bob.

»Ja, interessant, nicht wahr? Wir werden ihn dazu noch mal befragen. Wichtiger ist zunächst jedoch der Absender dieser Pakete. Wir müssen mehr über Chase Meadows herausfinden!«

»Rede!«, forderte der Indianer und wiederholte: »Woher weißt du, dass es drei sind?«
»Ich … ich …«, stammelte Skinny.
»Die drei Detektive haben's rausgefunden«, mischte Sheryl sich ein. »Sie wissen, dass die Schatzkarte aus drei Teilen besteht.«
»Schlaue Jungs«, sagte der Indianer. »Was wissen sie noch?«
»Keine Ahnung!«, rief Skinny wütend. Er war es langsam leid, die Schlauheit seiner drei Widersacher ständig unter die Nase gerieben zu bekommen.
»Sie wissen, wer die dritte Figur hat«, antwortete Sheryl stattdessen und Skinny wurde noch wütender. Warum hielt sie nicht endlich die Klappe!? Doch Sheryl fuhr fort: »Und ich weiß es auch. Aber ich sage es Ihnen nur, wenn Sie verschwinden und uns in Ruhe lassen. Und wenn Sie uns Zachary vom Hals halten.«
Der Indianer lachte. »Mutige *gringa*!«, sagte er anerkennend. »Aber ich weiß es selbst. Ich. Pérez. Burnham.«
Sheryl ließ entmutigt die Schultern sinken und Skinny hoffte schon, dass sie jetzt endlich Ruhe geben werde. Tat sie aber nicht. »Und nun wollen Sie auch bei Professor Burnham einbrechen und ihn bestehlen?«
»Ich stehle nicht!«, donnerte der Indianer. »Die Figuren gehören dem Volk der Maya.«
»Das sieht der Professor wahrscheinlich anders. Und an ihn und seine Figur werden Sie nicht so einfach herankommen. Die drei Detektive haben mir erzählt, dass er in einem gut bewachten Haus lebt. Mit einer Alarmanlage. Und Hunden.«
Skinny vermied es, Sheryl anzusehen. Hatten die drei ihr das

wirklich erzählt? Oder fantasierte sie sich das alles fröhlich zusammen?

»Aber falls es Ihnen mehr um die Schatzkarte als um die Figur gehen sollte«, fuhr Sheryl fort, »dann können Sie leichter zum Ziel kommen. Die drei Detektive haben nämlich eine Kopie von Burnhams Teil der Karte, genauer gesagt ein Foto.«

Nun wurde der Indianer hellhörig. »Wo?«

»In ihrem Clubhaus. Das kennen Sie ja schon. Aber dort ist es gut versteckt. Ich verrate Ihnen, wo genau – wenn Sie uns in Ruhe lassen und uns Zachary vom Hals halten.«

Der Indianer verzog zunächst keine Miene. Er begann, im Apartment hin und her zu laufen. Schließlich wandte er sich ihnen wieder zu und lächelte. »Deine Freundin ist wirklich mutig, *gringo*. Nimm dir ein Beispiel.« Er streckte die Hand aus. Skinny dachte, es sei eine Art Friedensangebot, und wollte sie ergreifen, doch der Indianer zog sie verärgert weg und streckte sie erneut aus – in Sheryls Richtung. »Wir sind im Geschäft.«

Sheryl schlug ein. »Abgemacht.«

»Wo ist das Versteck?«

»Hinter der Lexikonreihe im Bücherregal.«

Der Indianer wirkte leicht verärgert. »Simpel. Ich hätte es allein gefunden.«

»Vielleicht«, gab Sheryl zu. »Vielleicht auch nicht.«

»Steht auf! Beide!«

Sheryl war sofort auf den Beinen, Skinny zögerte. »Was … was haben Sie vor?«

»Wir fahren zum Clubhaus. Ihr kommt mit.«

Justus und Bob waren noch nicht lange mit der Suche nach Chase Meadows beschäftigt, als sie plötzlich hörten, wie draußen das Kalte Tor geöffnet wurde.
»Peter ist zurück!«, rief Bob überrascht.
Im selben Moment flog die Tür zur Zentrale auf.
Es war nicht Peter. Sondern Tuyucim. In der halb erhobenen rechten Hand hielt er sein Blasrohr. Bob rutschte das Herz in die Hose.
»Aufstehen!«, befahl der Indianer barsch. »Sofort!«
Bob sprang vom Stuhl und hob unwillkürlich die Hände. Aus dem Augenwinkel sah er, wie Justus sich langsam erhob und gar keine Angst zeigte. Bob bewunderte den Ersten Detektiv dafür. Seine eigenen Beine zitterten umso mehr.
»Guten Abend, Señor Florentino Ixmatá. Ich muss gestehen, dass mich Ihr erneuter Besuch überrascht. Das ist vielleicht naiv von mir, aber haben Sie nicht bereits, was Sie wollten? Die Tunchan-Figur, die Sie heute Nachmittag aus unserer Zentrale entwendet haben?«
Tuyucim antwortete nicht. Er trat an Justus vorbei zum Schreibtisch und steckte die Metallschachtel mit den Pfeilen ein, die dort lag. Dann ging er zum Bücherregal und fegte mit einer schnellen Bewegung die Lexika vom mittleren Brett. Sie polterten auf den Boden. Die dahinter versteckte Mausefalle schnappte zu, erwischte Tuyucims Finger jedoch nicht. Der Indianer wurde wütend. »*Maldita gringa!*«, knurrte er, kehrte zurück zum Schreibtisch und durchwühlte die dort liegenden Papiere.
»Darf ich erfahren, was Sie suchen?«, fragte Justus.
Tuyucim antwortete nicht. Er fing an, die Bücher durchzu-

blättern, und fand bald die Papiere, die zwischen den Seiten steckten.

»Sheryl hat Ihnen erzählt, dass wir diese Schatzkarten besitzen, nicht wahr?«, fragte Justus. »Sie arbeiten mit ihr zusammen. Mit ihrer Hilfe haben Sie uns die Tunchan-Figur heute Morgen untergeschoben, nehme ich an. Verraten Sie uns auch, warum Sie das getan haben?«

Der Indianer lächelte kopfschüttelnd. »*Gringos*«, sagte er. »Nicht so schlau, wie sie denken.« Er steckte die Karten ein und wandte sich zum Gehen.

»Sie sind der Meinung, die Tunchan-Figuren gehören Ihnen, richtig? Weil Sie ein Maya sind. Aber das Gesetz beurteilt die Sachlage nun einmal anders, Señor Ixmatá, ob Ihnen das ungerecht vorkommt oder nicht. Früher oder später werden Sie –«

Tuyucim Florentino Ixmatá verließ die Zentrale und knallte die Tür zu.

Bob atmete auf und nahm die verkrampften Arme herunter. »Justus! Wie machst du das bloß immer? Hattest du gar keine Angst?«

»Ich hatte Angst, bis mir klar wurde, dass Tuyucim nicht die Absicht verfolgte, uns etwas anzutun. Deshalb wäre Angst nur hinderlich gewesen. Leider hatte mein selbstbewusstes Auftreten nicht den gewünschten Effekt. Er hat nichts preisgegeben. Und er hat die Schatzkarten. Wenn ich nicht genau wüsste, dass Frustration ebenfalls nur hinderlich ist, würde ich jetzt in die Tischkante beißen. Aber das würde leider rein gar nichts ändern.«

Der Indianer war kaum durch die Geheimtür im Zaun verschwunden, da wandte sich Skinny auf der Straße vor dem Schrottplatz zornig an Sheryl: »Sag mal, tickst du noch ganz richtig? Bist du von allen guten Geistern verlassen, dem Typen alles auf die Nase zu binden, was wir wissen?«
Sheryl starrte ihn fassungslos an. »Spinnst du?«
»*Ich* spinne? *Du* spinnst!«
»Ich habe deinen Hintern gerettet, Skinny Norris, falls du es nicht bemerkt hast!«
Skinny lachte auf. »Du hast alle unsere Geheimnisse verraten und jeden Trumpf verspielt, du dämliche Kuh!«
Sheryls Blick sprühte vor Wut. »Jetzt reicht's! Den ganzen Tag behandelst du mich schon wie den letzten Dreck! Dabei habe ich für dich sämtliche Kohlen aus dem Feuer geholt! Wie hättest du denn sonst Zachary loswerden wollen? Du kriegst doch nichts auf die Reihe!«
»Lächerlich«, sagte Skinny.
»Du bist lächerlich, Skinny. In einem Punkt hast du allerdings recht: Ich bin eine dämliche Kuh. Weil ich dich für einen coolen Typen gehalten habe. Weil du verbotene und gefährliche Sachen machst und so. Aber in Wirklichkeit bist du ein armes Würstchen. Und ab jetzt kannst du sehen, wie du allein klarkommst. Ich bin raus aus der Nummer! Endgültig!« Sie drehte sich auf dem Absatz um und marschierte die Straße hinunter, bis sie außer Sicht war.
Skinny stieß ein paar Verwünschungen aus und kickte ihr eine leere Getränkedose hinterher. Die flog auf die Straße und kam einem Taxi in die Quere. Der Taxifahrer blinkte ihn verärgert an und bremste.

Da klappte die Geheimtür im Zaun auf. Der Indianer trat nach draußen auf die Straße und marschierte schnurstracks auf seinen silbernen Nissan zu. Skinny folgte ihm.
»Und?«, fragte Skinny.
»Ich habe, was ich wollte«, antwortete der Indianer knapp und stieg ein.
»Gut. Und wie ... geht's jetzt weiter? Mit Zachary, meine ich?« Erwartungsvoll stand Skinny neben der Fahrertür.
Der Indianer blickte ihn nicht mal an, als er sagte: »Die *gringa* hat mich reingelegt. Mausefalle. Ich bin euch nichts schuldig.« Er schlug die Tür zu und startete den Wagen.
Skinny wich das Blut aus dem Gesicht. »Wie bitte!?«, rief er. »Sie haben versprochen, mir zu helfen! Sie wollten mir Zachary vom Hals halten!«
Der Indianer gab Gas.
»Das können Sie nicht machen!«, brüllte Skinny ihm hinterher. »Sie Verräter! Sie haben es versprochen!!« Ohnmächtig blieb er auf der Straße stehen und sah dem Auto noch nach, als es längst hinter der nächsten Biegung verschwunden war. Skinny schrie vor Wut. Er trat gegen den Reifen eines parkenden Autos, hieb mit einem Stock auf den Bretterzaun ein und hätte am liebsten die ganze Nachbarschaft zusammengebrüllt. Dann bemerkte er, dass das Taxi von vorhin immer noch auf der Straße stand. Skinny rechnete damit, dass der Fahrer aussteigen und ihn zur Rede stellen würde. Sollte er ruhig. Das war Skinny vollkommen egal.
Aber es war nicht der Fahrer, der ausstieg. Sondern dessen Fahrgast.
Peter Shaw hatte die ganze Szene verfolgt.

Der Pakt mit dem Feind

»Wir haben es echt verbockt, Just«, sagte Bob verärgert. »Wenn Peter doch nur hier gewesen wäre! Er hätte sich von Tuyucim nicht einschüchtern lassen. Er hätte sich auf ihn gestürzt und ihn überwältigt.«
»Oder sich panisch in die Ecke verkrochen«, zweifelte Justus.
»Glaube ich nicht. Wenn's drauf ankommt, ist auf Peter Verlass. Sollen wir ihn anrufen und ihm alles erzählen? Es ist ja noch nicht so spät. Er würde sich bestimmt freuen, so allein im Krankenhaus.«
Da hörten sie plötzlich von draußen aufgeregte Rufe. Die Tür wurde aufgestoßen und herein stolperten –
»Peter!«
»Skinny!?«
Der Zweite Detektiv hatte einen tobenden Skinny Norris im Polizeigriff.
»Bist du übergeschnappt, Shaw!?«, brüllte Skinny. »Willst du mir den Arm auskugeln? Lass mich *los*!«
»Bitte sehr«, sagte Peter grimmig und stieß Skinny in die Mitte des Raumes.
»Peter!«, wiederholte Justus. »Was geht hier vor? Wieso bist du nicht im Krankenhaus? Und was hat Skinny hier zu suchen!?«
»Im Krankenhaus haben sie mich gehen lassen. Mir geht's gut. Sie haben mein Blut untersucht. Kein Gift. Der Arzt meinte, ich kann ruhig nach Hause fahren. Und was Skinny angeht – ihr werdet es nicht glauben!«

Was Peter dann erzählte, glaubten Justus und Bob tatsächlich kaum.
»Du!?«, rief Bob. »Du hast uns Tuyucim auf den Hals gehetzt!?«
Für einen kurzen Moment schien Skinny irritiert. »Wer ist Tuyucim?«
»Der Typ, der heute in unsere Zentrale eingebrochen ist!«, schrie Peter ihn an. »Den du gerade noch auf der Straße verflucht hast! Dem ich meinen Krankenhausbesuch zu verdanken habe!«
»Was redest du da, Shaw, ich weiß überhaupt nichts von Krankenhaus.«
Peter trat drohend einen Schritt näher und präsentierte Skinny die Wunde an seinem Hals. »Da!«
»Wow«, sagte Skinny in gespieltem Erstaunen. »Ein Mückenstich. Riesendrama, Shaw. Damit wäre ich auch sofort in die Notaufnahme gefahren.«
»Das war ein *Giftpfeil,* du Idiot!«
»Ohne Gift, wenn ich das gerade richtig mitbekommen habe.«
»Er hätte aber vergiftet sein können! Und Tuyucim, der ja wohl dein bester Kumpel ist, hat ihn mir verpasst!«
»Völliger Quatsch, Shaw.«
»Ich geb dir gleich Quatsch!«
»Schluss jetzt!«, ging Justus dazwischen und wandte sich entschlossen an Skinny. »Du erzählst uns jetzt sofort, was hier gespielt wird, und zwar in allen Einzelheiten!«
Aber Skinny grinste nur. »Du kannst mich mal, Fettsack.«

Skinny war stinksauer, vor allem auf sich selbst. Er hatte dem Indianer, diesem Verräter, geglaubt! Aber der hatte ihn eiskalt fallen lassen. Und Sheryl hatte alles verbockt! Sie hatte ihn genauso verraten! Dann war Skinny auch noch ertappt worden, ausgerechnet vom Schisser Shaw. Und jetzt stand er diesen elenden Klugscheißern gegenüber und musste sich anhören, dass die Giftpfeile, von denen er sich hatte einschüchtern lassen, womöglich gar kein Gift enthalten hatten. Als Nächstes würden sie ihn zweifellos zur Rede stellen und ihm stundenlang auf die Nerven gehen. Schlimmer konnte der Tag nicht enden!

Der Oberklugscheißer fing an, an seiner Unterlippe rumzumachen und in dieser unnachahmlich wichtigtuerischen Art vor sich hin zu schwafeln: »Du warst es von Anfang an, nicht wahr? Sheryl war *dein* Spitzel! Du hast uns die Figur untergejubelt. Du wolltest, dass wir die Schatzkarte für dich entschlüsseln, stimmt's? Weil du selbst zu blöd dafür bist.«

Kalte Wut stieg in Skinny auf. Es war schon schlimm genug, sich dieses Geschwätz anzuhören. Noch schlimmer allerdings, dass es auch noch die Wahrheit war.

»Das sieht dir ähnlich«, fuhr Jonas fort. »Aber wie bist du in diese Geschichte hineingeraten? Wie kamst du an die Figur? Und was für eine Rolle spielt Tuyucim?«

Skinny schwieg. Was sollte er tun? Die würden ihn hier nicht weglassen. Und selbst wenn – Skinny stand auf verlorenem Posten. Alle hatten ihn verraten, die Figur war weg und Zachary wartete darauf, ihn einen Kopf kürzer zu machen. Er hatte alles verloren.

Nein, nicht alles. Er hatte einen letzten Trumpf in der Hand.

Er hatte etwas, das die drei Volltrottel unter Garantie haben wollten. Natürlich bedeutete das, dass er keine Chance mehr hätte, den Schatz selbst zu heben. Aber er musste langsam der Wahrheit ins Auge blicken. Er hätte den Schatz sowieso nie gefunden. Es war von Anfang an eine Schnapsidee gewesen. Alles, was er jetzt noch tun konnte, war, irgendwie seinen Kopf aus der Schlinge zu ziehen. Und der war ihm im Moment mehr wert als alle Maya-Schätze der Welt.

»Also gut«, sagte Skinny. »Ich erzähle es euch.«

»Jetzt bin ich aber gespannt«, sagte Andrews.

»Und du sagst besser die Wahrheit!«, warnte Shaw.

Skinny beachtete ihn nicht. »Es begann damit, dass mein Kumpel Mike mich neulich fragte, ob ich einen Auftrag übernehmen will.« Und dann erzählte Skinny seine Geschichte ein weiteres Mal. Von Zachary. Von seiner Reise nach Mexiko. Wie er mit Sheryls Hilfe versucht hatte, die drei ??? reinzulegen. Und wie plötzlich der Indianer aufgetaucht und alles den Bach runtergegangen war.

»Das ist ja mal ein Ding«, sagte Andrews, nachdem er geendet hatte.

»Typisch Skinny«, knurrte Shaw. »Aber jetzt steckst du bis zum Hals in Schwierigkeiten. Dieser Zachary wird sich dich vorknöpfen. Geschieht dir recht. Aus der Nummer kommst du nicht wieder raus. Selbst schuld.«

Aber Skinny ließ die Häme an sich abtropfen. »Natürlich komme ich da wieder raus.«

»Ach ja? Wie denn?«

Skinny gestattete sich ein schmales Lächeln. »Ihr werdet mir dabei helfen.«

Peter fing an zu lachen. »Träum weiter, Skinny!«
Doch der zog nur ganz langsam sein Handy aus der Hosentasche. »Ihr könnt es natürlich auch bleiben lassen. Aber dann entgeht euch das hier.« Er hielt ihnen das Display entgegen. Darauf war das Foto der Schatzkarte aus der Obsidian-Figur zu sehen, das er im Auto gemacht hatte.
Bob schnappte nach Luft. »Woher hast du das?«
»Die Figur des Indianers war für eine halbe Stunde in meinem Besitz. Genügend Zeit für dieses Foto.«
»Und du bietest es uns an, wenn wir dir Zachary vom Hals halten?«, fragte Bob.
»So ist es.«
Justus runzelte die Stirn. »Du hast alles darangesetzt, an diese Schatzkarte zu kommen. Und jetzt willst du sie einfach so an uns verkaufen?«
Skinny schnaubte wütend. »Ich stecke in Schwierigkeiten, Jonas! Was willst du denn noch? Soll ich mich vor dir im Staub wälzen? Soll ich euch anflehen, dass ihr mir helft?«
Der Erste Detektiv war immer noch nicht ganz überzeugt. »Ich weiß nicht, wie wir dir helfen sollen, Skinny.«
»Willst du damit etwa sagen, dass der schlauste Mensch des Universums keine Idee hat?«, fragte Skinny spöttisch. »Lass dir was einfallen, Jonas! Nicht für mich. Sondern weil dieser Tuyucim wahrscheinlich schon auf dem Weg nach Mexiko ist. Er hat bereits alle drei Teile der Schatzkarte. Und er wird bald am Ziel sein, wenn ihr euch nicht beeilt.«
»Da hat er leider recht, Just«, meinte Peter.
»Also gut«, rang der Erste Detektiv sich durch. »Du hast es nicht verdient. Aber wir helfen dir trotzdem.«

Er reichte Skinny die Hand. Und Skinny schlug ein. Dann gab er Justus sein Handy. Der reichte es an Bob weiter, der sich sofort daranmachte, das Foto auf den Rechner zu übertragen und die Größe anzupassen.
»Jetzt zu eurem Teil der Abmachung«, sagte Skinny.
Justus nickte. »Erstens: Wir werden Zachary sicher keinen Giftpfeil verpassen, oder was immer Tuyucims Plan gewesen wäre. Wir müssen ihn eines Verbrechens überführen. Dazu musst du uns alles sagen, was du über ihn weißt.«
Skinny verzog verärgert den Mund. »Das habe ich schon.«
»Das ist zu wenig. Du musst die Personen, über die der Kontakt zu Zachary zustande kam, fragen. Vielleicht ist er ein professioneller Schmuggler. Vielleicht handelt er illegal mit Kunstgegenständen. Solange wir das aber nicht mit Sicherheit wissen, können wir nicht viel tun.«
»Das ist alles!?«, fragte Skinny verärgert.
»Was erwartest du? Personenschutz? Eine neue Identität?«
»Hör auf, dich so aufzublasen«, knurrte Skinny. »Es wird dauern, mehr über Zachary herauszufinden. Die Zeit habe ich aber nicht. Er erwartet, dass ich ihn anrufe.«
»Dann ruf ihn an«, sagte Justus. »Vereinbare ein Treffen mit ihm an einem öffentlichen Ort. Wir werden inkognito dort sein und eingreifen, sollte Zachary handgreiflich werden.«
»Pah! Darauf hätte ich auch selbst kommen können.«
»Aber du hättest niemanden gehabt, der dir hilft«, gab Justus zurück. Und Skinny erwiderte nichts mehr.
»Kurze Gefechtspause«, bat Bob und zeigte auf den Bildschirm, wo er die drei Bilder übereinandergelegt hatte. »Hier ist die komplette Karte!«

Santa Rosa

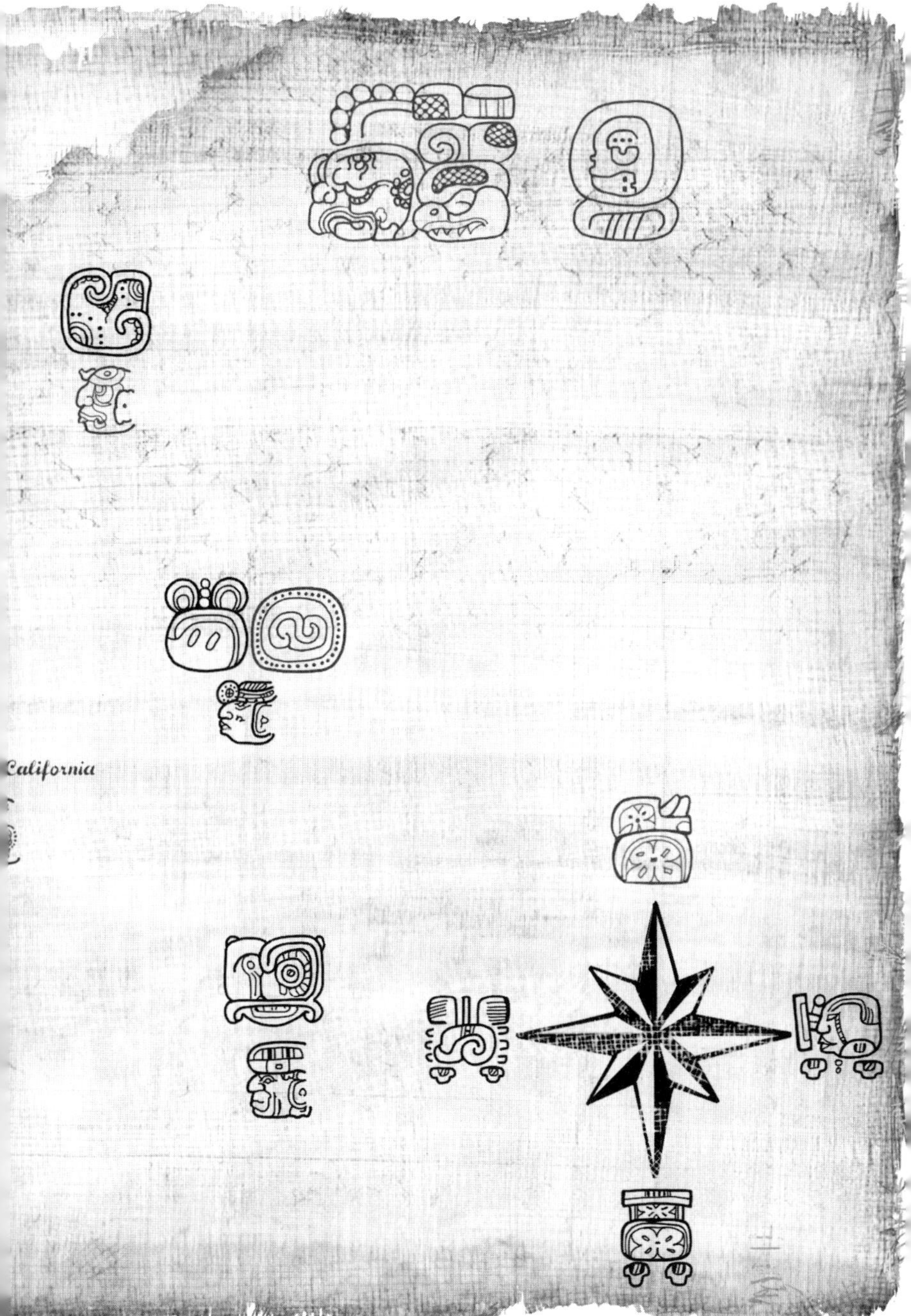
California

Neugierig betrachteten Justus, Peter und Bob den Bildschirm.
»Das ist immer noch ein wenig rätselhaft«, murmelte Justus.
»Allerdings«, stimmte Peter zu. »Außerdem fehlt immer noch ein Stück. Hoffentlich ist das am Ende nicht wichtig.«
»Wenigstens wissen wir jetzt, welches ›Santa‹ gemeint ist«, sagte Bob. »Santa Rosa, ein kleiner Ort in Yucatán.« Er kramte die Karte von Mexiko wieder hervor, die er schon einmal zurate gezogen hatte. »Da!«
Justus verglich die beiden Karten, setzte Santa Rosa und die Stadt namens California zueinander in Verbindung und ermittelte so den Punkt, auf den das Kreuz verwies, auf der Mexikokarte. »Der Sternentempel müsste also hier sein«, sagte er und zeigte in ein grünes Nichts. »Mitten im Urwald.«
»Natürlich mitten im Urwald, wo auch sonst«, sagte Peter.
»Ähm, hallo?«, meldete sich Skinny genervt zu Wort. »Könnt ihr euch vielleicht mal wieder um *mein* Problem kümmern?«
»Dein Problem hat Zeit, Skinny«, gab Justus zurück. »Tuyucim hat die gleichen Informationen wie wir. Er ist vermutlich schon unterwegs nach Mexiko, das hast du selbst gesagt. Wir müssen also schnell handeln.«
»Aber wie?«, fragte Bob. »Sollen wir nach Mexiko fahren und den Sternentempel auf eigene Faust suchen?«
»Mit dem Auto bräuchten wir locker drei oder vier Tage dorthin«, antwortete Justus. »Für Flugtickets fehlt uns das Geld. Außerdem müssen wir Montag wieder zur Schule.«
»Und ich bin auch nicht so scharf darauf«, meinte Peter. »Im Urwald gibt's Schlangen und Spinnen und Leoparden.«

»Jaguare«, korrigierte Justus ihn. »Wir können also nicht selbst nach Mexiko. Aber zum Glück kennen wir jemanden, der sich mit Urwaldexpeditionen bestens auskennt. Und mit dem wir ohnehin noch dringend sprechen wollten.«
»Professor Burnham«, sagte Bob.
Der Erste Detektiv nickte und griff nach dem Telefonhörer. »Er hat bestimmt immer noch Kontakte in Mexiko. Leute, die er warnen kann und die Tuyucim aufhalten können.«
»Ist es nicht zu spät für einen Anruf?«, fragte Peter.
»Ich bin sicher, der Professor wird Verständnis dafür haben«, meinte Justus. »Wenn Tuyucim das Grab plündert, nur weil wir uns nicht getraut haben, Professor Burnham spätabends anzurufen, verzeiht er uns das nie.« Er wählte die Nummer des Professors und schaltete den Lautsprecher ein.
»Ja, bitte?«
»Guten Abend, Herr Professor. Hier spricht Justus Jonas.«
»Justus«, sagte Burnham verwirrt.
»Verzeihen Sie die späte Störung, aber es ist wirklich wichtig. In den letzten Stunden haben sich die Ereignisse überschlagen. Und wir haben aufregende Neuigkeiten für Sie. Wir konnten alle Teile der Schatzkarte finden und zusammenfügen. Wir wissen, wo sich der Sternentempel befindet.«
»Wie bitte!?«
»Ja. Aber bevor ich Ihnen das erzähle, beantworten Sie mir bitte eine Frage: Warum haben Sie uns nicht gesagt, dass es Chase Meadows war, der Ihnen den Jadekopf geschickt hat?«
»Was? Aber woher –«
»Wir sind Detektive, Herr Professor. Wir haben es herausgefunden.«

Skinny lauschte dem Gespräch und konnte es nicht glauben. *Wir sind Detektive, Herr Professor.* Hatte er das wirklich gerade gesagt? Dieser Großkotz Jonas! Wie konnte ein einziger kleiner, dicker Junge nur so arrogant sein! Noch schlimmer war, dass dieser bescheuerte Professor auch noch voll darauf einging.

»Es tut mir leid, Justus, dass ich euch nicht die ganze Wahrheit gesagt habe. Aber ihr seid so plötzlich bei mir aufgetaucht und wusstet all diese Dinge ... Ich konnte euch nicht einschätzen. Ich wollte lieber erst mal auf Nummer sicher gehen und nicht zu viel preisgeben. Es ändert jedoch nichts daran, dass ich nicht weiß, warum Chase Meadows mir das Artefakt geschickt hat.«

Und so weiter. Der Professor rechtfertigte sich wortreich, bis Baby Fatso endlich zufrieden war, und dann erzählte wiederum Baby Fatso in seiner endlos verschwurbelten Art und Weise, was vorgefallen war und was sie herausgefunden hatten, blablabla.

Skinny hörte kaum noch hin, bis die Stimme des Professors ihn laut und schrill aus seinen Gedanken riss.

»Tuyucim hat die Karte!? Aber das ist eine Katastrophe! Ich habe versucht, ihn in diesem Motel zu erreichen. Aber man sagte mir, er sei nur wenige Minuten zuvor abgereist. Wenn er sich wirklich zu dem Mann entwickelt hat, den ihr geschildert habt ... und den Ort des Tempels kennt ... dann ist Tunchans Grab für die Wissenschaft verloren! Das dürfen wir nicht zulassen! Wir müssen vor ihm dort sein!«

Skinny schaltete innerlich endgültig ab. Das ging ihn alles nichts mehr an. Er war raus aus dem Spiel. Was immer der

Professor oder die drei Schnüffelnasen jetzt noch unternahmen, war ihm egal. Und er war froh darüber. Wenn er Zachary loswurde, hatte er nichts verloren und nichts gewonnen. Dann würde er die ganze Geschichte einfach so schnell wie möglich vergessen und so tun, als wäre sie nie passiert.

Gelangweilt ließ er seinen Blick durch das Clubhaus schweifen. An den Wänden hingen Zeitungsausschnitte, in denen über die drei Wichtigtuer berichtet wurde. Und über dem Schreibtisch war eine große Karte von Kalifornien angebracht, in der kleine bunte Nadeln steckten. Wie im Fernsehen in einem Polizeirevier. Lächerlich!

Doch da fiel Skinnys Blick auf etwas, das ihn stutzen ließ. Er runzelte die Stirn. War das möglich? Konnte es sein, dass … Sein Herz schlug schneller.

Während Baby Fatso und dieser senile Professor berieten, wie man auf dem schnellsten Weg in den mexikanischen Urwald gelangte, hatte Skinny eine völlig andere Entdeckung gemacht. War es wirklich möglich, dass die drei es nicht bemerkt hatten!? Dass sie die Wahrheit nicht sahen, obwohl sie direkt vor ihrer Nase lag!?

Mit einem Mal war Skinny so aufgeregt, dass er sich zusammenreißen musste, damit man es ihm nicht anmerkte. So beiläufig wie möglich ging er zum Tisch, wo sein Handy lag.

»Ich nehm das mal wieder an mich«, sagte er laut.

»Schhh!« Shaw warf ihm einen bösen Blick zu.

Skinny zuckte mit den Schultern, nahm das Handy zur Hand und machte, ohne dass die drei Superschlauen es mitbekamen, ein Foto.

Justus ärgerte sich über Skinny. Was quatschte der denn plötzlich dazwischen!? »Verzeihung, Herr Professor, ich war kurz abgelenkt. Was sagten Sie gerade?«
»Ich sagte: Was wir brauchen, ist Öffentlichkeit. Wir können den Sternentempel vielleicht nicht vor Tuyucim erreichen, aber wir können die Entdeckung ankündigen! Dann kann er sie sich nicht selbst auf die Fahne schreiben.«
»Ich bin mir nicht sicher, ob es ihm darum geht«, sagte Justus. »Eher will er das Grab öffnen und alles, was er darin findet, für sich behalten, weil er meint, dass seinem Volk das zustehe.«
»Das wird er nicht wagen, wenn erst einmal bekannt ist, dass der Tempel gefunden wurde. Ich habe noch genügend Kontakte, um eine Expedition zusammenzutrommeln. Notfalls bezahle ich die aus eigener Tasche. Ich kann den Sternentempel in wenigen Tagen erreichen. Nicht genug Zeit für Tuyucim, ihn zu plündern.«
»Sie wollen selbst nach Yucatán reisen!?«
Burnham lachte. »Ich weiß, Justus, ich bin ein alter Mann. Aber der Sternentempel wäre das Kronjuwel meiner Forschung. Der krönende Abschluss meiner Karriere. Selbst wenn es das Letzte ist, was ich tue: Ich werde fahren!«
Bob lehnte sich über Justus' Schulter und sagte ins Telefon: »Wir schicken Ihnen die Karte per Mail zu. Die Hieroglyphen haben wir allerdings noch nicht entschlüsselt.«
»Das werde ich unterwegs tun. Ich nehme an, es sind Beschreibungen von Wegmarken im Dschungel oder dergleichen. Hinweise, mit denen man den Tempel finden kann. Vorher werde ich allerdings das Allerwichtigste erledigen:

Die Presse informieren! Die Weltöffentlichkeit muss von dieser Entdeckung erfahren! Ich danke euch, Jungs! Ohne euch wäre eine große archäologische Entdeckung in die Hände skrupelloser Grabräuber gefallen!«

»Nichts zu danken, Herr Professor«, antwortete Justus. »Wir wünschen Ihnen viel Erfolg auf Ihrer Reise!« Dann verabschiedete sich der Erste Detektiv und legte auf.

Skinny klatschte langsam und herablassend Beifall. »Großartig, ganz toll. Sherlock Holmes in Breitformat, der blasse Doktor Watson und die Haushälterin Petra Shaw haben wieder einmal die Welt gerettet. Nur eine Frage bleibt offen: Wer hat mehr Müll zusammengequatscht – Holmes oder der verrückte Professor am anderen Ende der Leitung?«

»Gib dir keine Mühe, Skinny«, sagte Peter. »Du kannst uns unseren Erfolg nicht madigmachen.«

»Keine Sorge, ich mache jetzt gar nichts mehr. Ich habe genug Zeit mit euch Schwätzern verbracht, mir reicht's für heute. Aber ich erwarte von euch, dass ihr unsere Abmachung einhaltet.«

»Sobald du uns Informationen lieferst, kümmern wir uns um Zachary«, versprach Justus.

»Gut. Und noch was: Jemand muss mich nach Hause bringen. Ich bin mit Tuyucim hergefahren und ohne Auto da.«

»Dann geh halt zu Fuß!«, ereiferte sich Peter.

Doch Justus hob die Hand und erstickte den Streit im Keim. »Mir reicht's auch für heute. Bevor das wieder eine endlose Debatte wird: Bob, würdest du Skinny fahren?«

Bob verdrehte die Augen. »Wenn's sein muss.«

»Gut. Dann wäre das geklärt.«

Andrews sah alles andere als begeistert aus, aber das war Skinny herzlich egal. Er hatte keinen Bock, durch halb Rocky Beach zu latschen. Außerdem musste er schnellstens nach Hause und sich die vom Bildschirm abfotografierte Schatzkarte genauer ansehen. Es kostete ihn große Anstrengung, sich seine innere Erregung nicht anmerken zu lassen. Aber die drei Hampelmänner durften auf gar keinen Fall irgendwas mitkriegen!

»Na, dann los, Skinny«, sagte Andrews. »Abmarsch!«

Bobs uralte gelbe Blechkiste stand an der Straße. Skinny musste sich ganz schön zusammenklappen, um überhaupt auf den Beifahrersitz zu passen. »Willst du dir nicht mal ein neues Auto zulegen, Andrews?«

»Geh mir nicht auf die Nerven, Skinny.«

Andrews startete den röhrenden Motor. Die Fahrt verlief schweigend. In Little Rampart hielten sie direkt vor der Haustür. Niemand war zu sehen. Doch mit einem Mal bekam Skinny Angst und zögerte kurz, die Tür aufzumachen.

»Was ist, glaubst du, dass Zachary doch herausgefunden hat, wo du wohnst? Brauchst du noch Begleitschutz bis ins Bett?«, fragte Andrews herausfordernd.

»Quatsch«, sagte Skinny verärgert, stieg aus und warf die klapprige Tür mit Schwung zu. Er würdigte Andrews keines weiteren Blickes und marschierte zur Haustür. Er hatte Angst, Zachary könnte hinter einem der Sträucher am Wegesrand hervorspringen, wie Tuyucim es getan hatte. Nichts dergleichen geschah. Trotzdem entspannte er sich erst, als er die Haustür erreicht hatte.

Als diese hinter ihm ins Schloss fiel, atmete Skinny auf. Er

tastete nach dem Lichtschalter – und wurde von hinten gepackt und zurückgezerrt.
»So, Freundchen, jetzt ist Schluss mit lustig!«, zischte Zachary ihm ins Ohr.
Skinny spürte seinen eisernen Griff und Zacharys kratzenden Bart im Nacken. Er war so erschrocken, dass er nicht einmal schreien konnte.
»Dachtest du wirklich, ich finde dich nicht? Dachtest du, du könntest mich reinlegen? Du hast dich mit dem Falschen angelegt, Freundchen!«
»Ich … ich …«, stammelte Skinny.
Da klingelte ein Handy.
»Verdammt!«, knurrte Zachary, drehte Skinny den Arm auf den Rücken, sodass er sich nicht mehr rühren konnte, und nahm das Gespräch an. »Ja?«
Das Handy war so nahe, dass Skinny jedes Wort mitbekam.
»Zachary, ich bin's.«
»Später. Ich habe mir gerade diesen Skinner geschnappt.«
»Lass ihn laufen.«
»Wie bitte?«
»Die Sache hat sich erledigt. Ich habe, was ich wollte.«
»Ist das dein Ernst!?«
»Ja doch. Lass ihn in Ruhe. Nicht nur jetzt, sondern ganz.«
Zacharys Griff lockerte sich. Er ließ ihn los. »Glück gehabt, Junge«, raunte er ihm zu, ohne das Handy vom Ohr zu nehmen. Dann öffnete er die Haustür und verschwand in die Nacht.
Skinny blieb wie vom Donner gerührt im dunklen Treppenhaus stehen.

Bob sah Skinny nach, bis dieser ins Haus verschwunden war. »Auftrag ausgeführt«, murmelte er und wollte schon zurückfahren. Dann fiel ihm auf, dass Skinny kein Licht im Treppenhaus machte. War das Absicht? Bob beschloss zu warten, bis er Licht hinter dem Fenster von Skinnys Apartment sah. Da wurde die Haustür geöffnet und ein muskulöser Mann mittleren Alters mit dichtem Vollbart trat heraus. Er telefonierte lautstark mit jemandem und schien verärgert.

»Das nächste Mal überlegst du dir das früher, Jonathan!«, hörte Bob durch das heruntergekurbelte Seitenfenster. »Erst schickst du mich nach Woodland Hills zu diesem Motel, wo niemand mehr ist, dann wieder zurück nach Rocky Beach, wo ich mir Skinner Norris vorknöpfen soll, und jetzt soll ich auf einmal wieder nach Hause fahren und gar nichts mehr tun!?«

Bob konnte nicht verstehen, was der Gesprächspartner des Mannes sagte, doch er erkannte die Stimme.

»Das will ich hoffen, dass ich mein Geld bekomme! Wenn du nicht mein Cousin wärst, bekämst du jetzt mächtig Ärger mit mir! Such dir das nächste Mal jemand anderen, der die Drecksarbeit für dich macht, Jonathan. Viel Spaß in Mexiko!« Der Mann ging an Bobs Käfer vorbei, ohne ihn zu bemerken, stieg in seinen eigenen Wagen und fuhr davon.

Bob missachtete jede Geschwindigkeitsbegrenzung, als er zurück zum Schrottplatz raste.

Dort stürmte er in die Zentrale. »Er hat uns reingelegt!«

»Skinny!?«, rief Peter. »Ich wusste es!«

»Nein, nicht Skinny. Burnham! Professor Burnham! Er steckt hinter Zachary! Er hat ihn beauftragt! Er … er war die ganze Zeit hinter der Figur von Salvador Pérez her!«

»Wie bitte!?« Justus richtete sich kerzengerade auf und Bob erzählte seinen Freunden, was er soeben belauscht hatte.
»Und wir Idioten glauben ihm auch noch seine Ausreden und Erklärungen und schicken ihm die Karte!«, rief Justus. Dann sprang er auf. »Wir müssen sofort los. Wir stellen ihn zur Rede. Und zwar jetzt sofort!«
Doch als sie zwanzig Minuten später das Haus von Professor Burnham in den Santa Monica Mountains erreichten, öffnete ihnen eine leicht verärgerte Haushälterin im Bademantel die Tür. »Professor Burnham ist gerade abgereist«, erklärte sie ihnen. »Ich weiß nicht, wann er zurückkommt. Es kann dauern. Er wollte nach Mexiko.«

Am nächsten Morgen fühlte sich Bob wie gerädert. Sie hatten noch bis tief in die Nacht hinein über Burnhams Verrat gesprochen und danach war es ihm nicht leichtgefallen, Schlaf zu finden. Den anderen war es bestimmt ähnlich ergangen. Trotzdem bekam er schon um zehn vom Ersten Detektiv eine Nachricht: *Treffen in der Zentrale! Jetzt!*
Bob ließ das Frühstück ausfallen und machte sich auf den Weg. Zeitgleich mit Peter erreichte er die Zentrale.
»Burnham hat wirklich keine Zeit verloren«, begrüßte Justus sie mit Grabesstimme. Er tippte auf den Computerbildschirm. »Die Pressemitteilung ist bereits draußen. Und alle großen Medien haben sich draufgestürzt und die Meldung gebracht!«
»Aber das wussten wir doch«, sagte Bob.
»Schon. Wir wussten aber nicht, *was* sie schreiben würden!«

http://www.losangelespostonline.com/archeology/Yu

Sagenhafter Maya-Tempel entdeckt!

Nach Jahrzehnten der erfolglosen Suche im Urwald von Yucatán war der Sternentempel des Maya-Herrschers Tunchan bereits dem Reich der Legenden zugeschrieben worden. Doch nun scheint das mythische Bauwerk tatsächlich gefunden worden zu sein.

Es klingt wie ein Märchen. Vor zwanzig Jahren entdeckte der berühmte Maya-Forscher Professor Jonathan Burnham in den Tiefen des mexikanischen Dschungels Yaxché, das Reich von König Tunchan. Doch Tunchans Grab, in dem womöglich seit hunderten von Jahren wertvolle Maya-Schätze auf ihre Entdeckung warten, wurde nie gefunden.

Fachleute vermuteten das Grab im sagenumwobenen Sternentempel, den Tunchan hatte erbauen lassen. Der Tempel blieb jedoch unauffindbar. Nicht wenige Experten hatten seine Existenz schon grundsätzlich angezweifelt.

Doch Burnham glaubte weiter fest daran und suchte den Tempel auch dann noch, als andere längst aufgegeben hatten. Nun scheint es so, als habe der Urwald von Yucatán sein gut gehütetes Geheimnis endlich preisgegeben.

»Es hat mich Jahre der Forschung gekostet«, so Burnham. »Viele Quellen mussten analysiert, viele Spuren verfolgt werden. Doch nun bin ich mir sicher, das Grab König Tunchans endlich gefunden zu haben.« Genauere Angaben wollte der berühmte Wissen-

Archäologe und Maya-Forscher Prof. Jonathan Burnham

schaftler aus Angst vor Grabräubern nicht machen. Er bereitet jedoch gerade eine Expedition vor und rechnet damit, der Weltöffentlichkeit schon sehr bald erste Bilder des Sternentempels präsentieren zu können. Und möglicherweise auch von Tunchans Grabkammer.

Überraschung im Urwald

Peter hieb mit der Faust auf den Tisch, dass die Zentrale wackelte. »Dieser Mistkerl! Er hat uns nicht nur ausgenutzt, belogen und verraten – jetzt heimst er auch noch unsere Lorbeeren ein!«
Auch Bob war fassungslos. »Es passt perfekt in das Bild, das Señora Pérez von ihm gezeichnet hat. Wisst ihr noch? Sie hat uns erzählt, dass ihr Vater sauer auf Burnham war, weil der sich immer in den Vordergrund drängte und als großer Entdecker aufspielte. Genau das macht er jetzt wieder.«
»Wir müssen ihn irgendwie überführen!«, rief Peter.
»Aber genau das ist das Problem, Zweiter: Er hat kein Verbrechen begangen«, stellte Justus fest. »Wenn man mal vom Schmuggel der Tunchan-Figur über die Grenze absieht. Und selbst dabei hat er sich nicht selbst die Finger schmutzig gemacht, sondern Skinny das überlassen. Wenn Burnham nun den Sternentempel entdeckt, wird er das Grab sicherlich nicht plündern. Ihm geht es einzig und allein darum, sich vor die Kameras zu stellen, sich als heldenhaften Entdecker feiern zu lassen und seinen großen Namen in der Welt der Archäologie noch größer zu machen. Alle werden ihn bewundern – und ihm glauben. Schließlich ist er ein renommierter Wissenschaftler, konnte Teile der Maya-Schrift entschlüsseln und so weiter. So frustrierend das für uns auch ist: Geltungssucht ist kein Verbrechen.«
Bob nickte zustimmend. »Außerdem sollte uns das auch egal sein. Wir sind schließlich nicht Detektive geworden, um im

Rampenlicht zu stehen. Sondern um ungeklärte Fragen zu beantworten, Rätsel zu lösen und Geheimnisse zu lüften.«

»Die Rätsel und Geheimnisse sind mir gerade egal«, bekannte Peter. »Ich bin einfach nur sauer. Hoffentlich begegnen sich Burnham und Tuyucim bei ihrem Wettlauf zum Sternentempel und vermöbeln sich gegenseitig!«

»Interessanter Gedanke«, fand Justus. »Und vielleicht steckt darin sogar die Antwort auf eines der noch ungelösten Rätsel. Wir wissen, dass Chase Meadows vor sechs Monaten an Señor Pérez, an Professor Burnham und an Tuyucim Florentino Ixmatá die drei Tunchan-Artefakte geschickt hat. Daraus ergeben sich drei Fragen. Erstens: Wenn diese drei Figuren wirklich aus dem Königsgrab stammen, woher hatte Chase Meadows sie? Hat er das Grab tatsächlich entdeckt? Wenn ja, warum hat er das geheim gehalten? Zweitens: Hat er auch die drei Schatzkarten gezeichnet? Wenn ja, warum? Drittens: Was hat er damit bezweckt, sie diesen drei Männern zukommen zu lassen? Drei Männern, die sich aus unterschiedlichen Gründen gegenseitig nicht die Butter auf dem Brot gönnen? Eine mögliche Antwort darauf hast du gerade gegeben, Peter: Vielleicht war Meadows genau darauf aus, dass diese drei Männer auf der Suche nach dem Sternentempel aufeinander losgehen. Dass Pérez todkrank war und sich nicht mehr um das Enträtseln der Schatzkarte kümmern konnte, wusste Meadows vielleicht nicht.«

»Und was ist mit den Antworten auf die Fragen eins und zwei?«, fragte Bob.

»Die kann uns nur eine Person geben«, sagte Justus. »Chase Meadows selbst.«

Am nächsten Morgen erwachte Skinny Norris vollkommen entspannt und ausgeruht. Er hatte wunderbar geschlafen. Zum ersten Mal, seit er von Zachary den Auftrag angenommen hatte, waren seine innere Unruhe, seine Aufregung, seine Angst und zum Schluss seine blanke Panik verschwunden.

»Glück gehabt, Junge«, wiederholte er leise murmelnd Zacharys letzte Worte, bevor dieser aus der Tür und damit für immer aus seinem Leben getreten war.

Skinny lachte erleichtert, schlug die Decke zurück und stand auf. Er gönnte sich ein ausgiebiges Frühstück mit viel Kaffee. Dann sah er sich zum x-ten Mal das Foto von der Schatzkarte an, das er in der Nacht zuvor heimlich im Clubhaus der drei Deppen gemacht hatte. Und zum x-ten Mal überprüfte er seine Theorie.

Sie stimmte immer noch.

Also zog er sich an, steckte seinen Autoschlüssel ein und verließ pfeifend das Apartment. Er stieg in seinen blauen Sportwagen und fuhr los. *Sein* Wagen, nicht Mikes dämliche Karre. Mit Klimaanlage! Und vernünftigem Sound! Skinny drehte beides voll auf und brauste hoch in die Berge.

Die Fahrt dauerte eine gute Stunde und endete in einem kleinen Kaff namens Agua Dulce. Die Straßen hier waren wie ausgestorben. Lediglich ein paar Rentner trugen ihre Einkaufstüten über den Parkplatz eines Supermarkts. Zwischen einem kleinen Baumarkt und einer Bar lag das Sweetwater Café. Durch das Schaufenster sah man drei, vier verlorene Gestalten an einer Theke sitzen.

Skinny hielt an und betrat den Laden. Er setzte sich ebenfalls an die Theke und bestellte ein zweites Frühstück mit viel Speck und Rührei. Dann sprach er die Bedienung an: »Verzeihen Sie, Madam, ich bin auf der Suche nach jemandem, kenne mich hier aber nicht aus. Sein Name ist Chase Meadows. Kennen Sie ihn zufällig?«

»Agua Dulce ist zwar ein Dorf, aber das heißt nicht, dass ich hier jeden kenne«, war die etwas ruppige Antwort.

»Ich kenne Chase«, sagte ein Mann, der am Ende der Theke saß. »Er lebt auf der Blue Cloud Farm etwas außerhalb des Ortes. Er ist nicht oft hier, weil er zum Einkaufen immer nach Palmdale fährt. Habe ihn schon lange nicht mehr gesehen.«

»Vielen Dank, Sir«, sagte Skinny. Er ließ sich den Weg zur Farm beschreiben, dann aß er in aller Ruhe auf, bezahlte und machte sich wieder auf den Weg.

Die Farm lag ein ganzes Stück außerhalb und schien ziemlich groß zu sein.

Skinny stieg aus dem Wagen und ließ seinen Blick über das weite, trockene Land schweifen. Hinter einem wackeligen Zaun führte eine staubige Auffahrt zu einem alten Farmhaus. Es hatte schon bessere Zeiten gesehen. Die Farbe blätterte ab und alles wirkte ein bisschen heruntergekommen.

Skinny trat durch das quietschende Tor, ging auf das Haus zu, die drei Stufen zur Veranda hinauf und klopfte. Es dauerte eine Weile, bis er Schritte im Innern hörte. Dann wurde die Tür geöffnet. Durch das Fliegengitter, das geschlossen blieb, sah Skinny einen alten Mann.

»Ja, bitte?«

»Guten Tag«, sagte Skinny. »Sind Sie Chase Meadows?«

Chase Meadows. Was so einfach geklungen hatte – nämlich diesen Mann zu finden und ihn nach allem zu fragen, was noch ungeklärt war – erwies sich als ungeahnt schwierig. Die drei Detektive nahmen die Suche dort wieder auf, wo sie am vergangenen Abend durch Skinnys plötzlichen Auftritt unterbrochen worden war. Doch weder im Internet noch im Zeitungsarchiv, das Bob aufsuchte, tauchte sein Name auf. Der zwanzig Jahre alte Artikel, auf dessen Foto Meadows zu sehen war, blieb die einzige Spur.

Daraufhin rief Justus ein weiteres Mal bei Maria Pérez an, da er hoffte, sie könnte ihm doch noch mehr über Chase Meadows sagen. Aber das konnte sie nicht. Sie versprach allerdings, sich zu melden, falls ihr noch etwas einfiele.

Danach fragte sich der Erste Detektiv bei diversen archäologischen Einrichtungen in Mexiko durch. Niemand konnte sich an Chase Meadows erinnern.

Wie und wo sie auch suchten, Chase Meadows blieb unauffindbar.

Während Peter schon anfing, das Interesse an diesem Fall zu verlieren, verbiss Bob sich in die Schatzkarte. Er hatte es sich in den Kopf gesetzt, die Hieroglyphen zu entziffern.

»Du wirst bald genauso ein Stubenhocker wie Justus«, sagte Peter, als er den dritten Detektiv ein paar Tage später wieder einmal über Nachschlagewerke gebeugt in der Zentrale antraf. »Was soll denn das überhaupt bringen? Das ändert doch jetzt alles nichts mehr.«

»Ich finde es halt spannend«, erklärte Bob. »Diese Maya-Schrift ist faszinierend. Zig verschiedene Hieroglyphen können ein und dasselbe Wort bedeuten. Oder andersherum.«

»Klingt wahnsinnig aufregend«, sagte Peter und meinte das Gegenteil.
Bob überhörte die Ironie. »Es war auch deshalb so schwierig, diese Schrift zu entschlüsseln, weil es so wenige Quellen gibt. Die Maya hatten richtige Bücher, wusstest du das? Aber auf der ganzen Welt sind nur noch vier Stück davon erhalten, die sogenannten Codices.«
»Das hast du neulich schon mal erzählt«, erinnerte Peter ihn.
»Die spanischen Eroberer haben den Rest verbrannt, weil sie die Schriften für Teufelswerk hielten«, fuhr Bob ungerührt fort. »Nur drei Stück wurden nach Europa gebracht und sind dort noch heute. Allerdings wäre wohl auch ohne die Eroberung nicht viel von den Schriften übrig geblieben. Das Klima in Mittelamerika ist zu warm und zu feucht, das Amatl wäre verrottet. Einer der Codices hat nur deshalb überlebt, weil er über Jahrhunderte in einer kühlen, trockenen Höhle gelegen hat. Alle anderen, die nicht den Spaniern zum Opfer fielen, sind inzwischen zu Staub zerfallen.«
»Erzähl mir lieber, ob du was Spannendes entschlüsselt hast, bevor ich auch gleich zu Staub zerfalle«, bat Peter.
Bob verzog das Gesicht. »Nicht wirklich. Ich habe alle Hieroglyphen übersetzt. Aber schlau werde ich daraus nicht. Deshalb schaue ich gerade nach, ob ich mich irgendwo vertan habe. Aber es kann natürlich auch sein, dass der entscheidende Teil fehlt. Nämlich der, der abgerissen ist.«
»Zeig mal her!«
Bob schob ihm eine Kopie der Schatzkarte rüber, die er mit seinen Übersetzungen und Notizen versehen hatte.

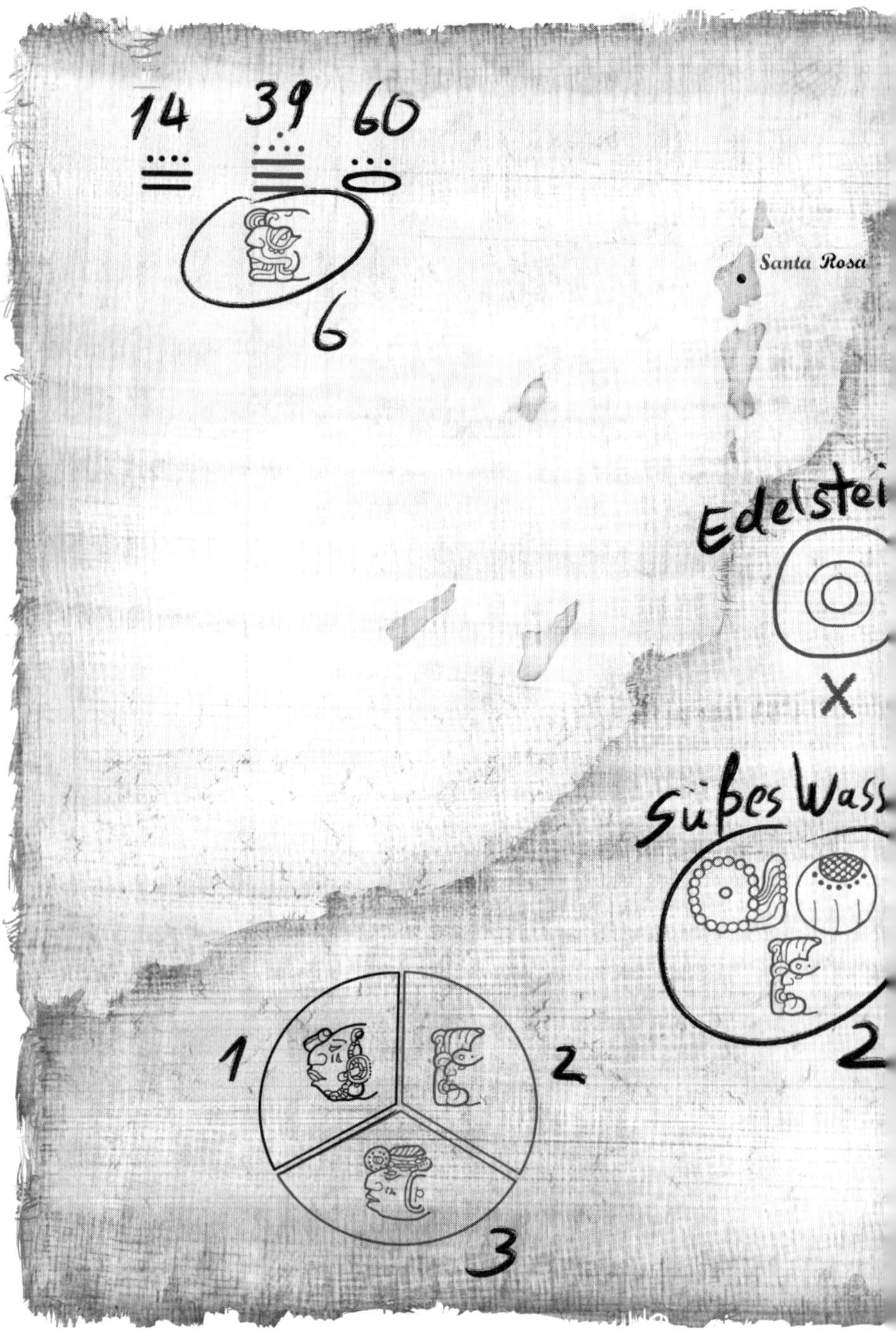

14
39
60
6
Santa Rosa
Edelstei
Süßes Wass
2
1
2
3

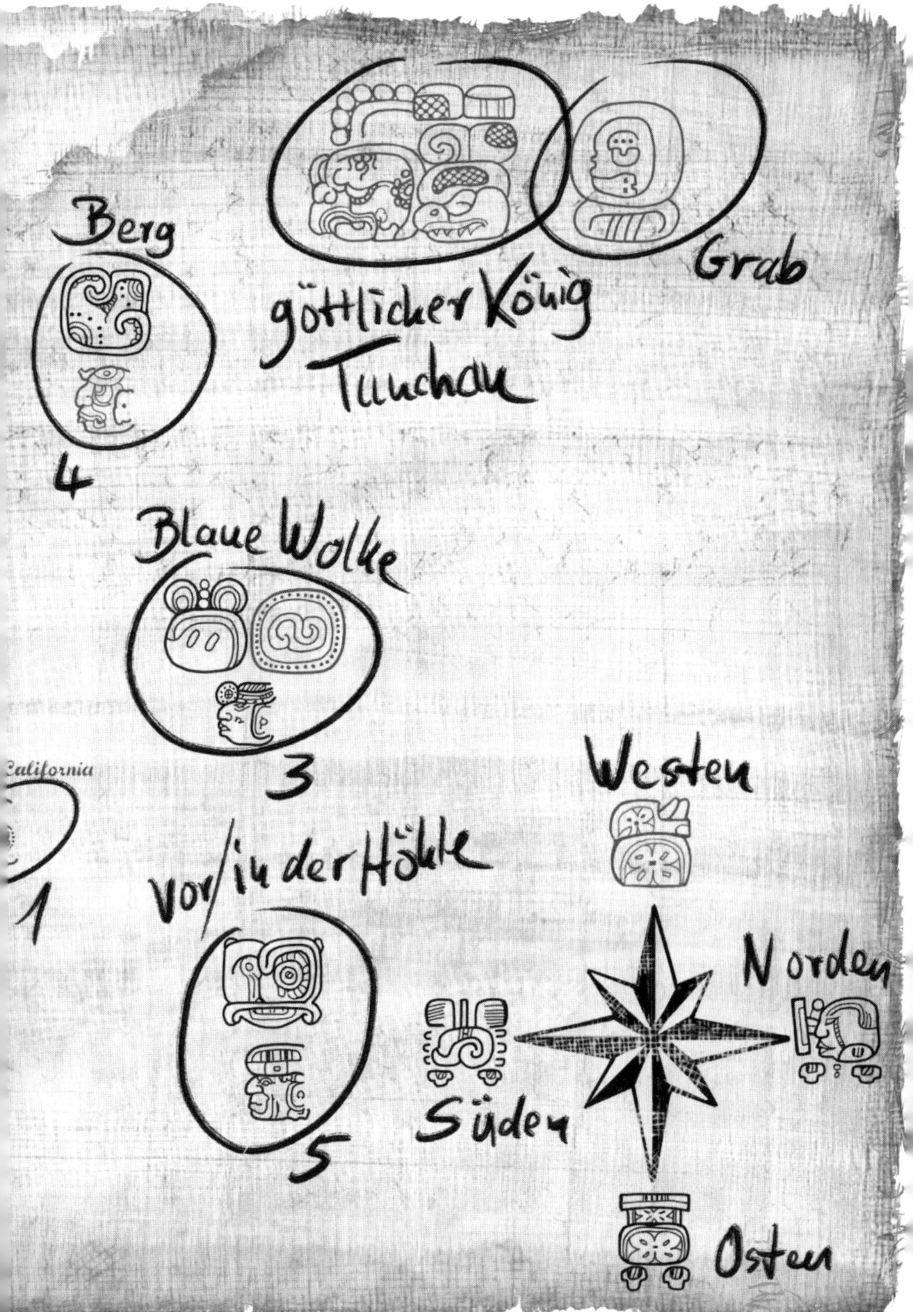

göttlicher König
Tunchan
Grab
Berg
4
Blaue Wolke
3
California
1
vor/in der Höhle
5
Westen
Norden
Süden
Osten

»Ach du meine Güte«, sagte Peter. »Darauf kann ich mir auch keinen Reim machen. Du hast übrigens die Himmelsrichtungen falsch eingetragen. Und was hat das mit den Zahlen zu bedeuten? Wieso stehen die einmal bei den Punkten und Strichen und außerdem bei den komischen Köpfen?«

»Es sind die jeweiligen Übersetzungen. Die Maya hatten zwei verschiedene Möglichkeiten, Zahlen darzustellen. Einmal mit einem Punkt-und-Strich-System. Einmal in Form von Götterköpfen. Und die Himmelsrichtungen sind richtig eingetragen. Der Zeichner der Karte muss sich vertan haben. Oder es bedeutet irgendwas. Ich wüsste aber nicht, was. Ich sage ja, es ist kompliziert.«

Und es blieb kompliziert. Weder bei der Schatzkarte noch bei der Suche nach Chase Meadows kamen die drei ??? weiter. Nachdem die erste Welle der Pressemeldungen abgeebbt war, hörten sie auch über Professor Burnhams Expedition nichts mehr. Skinny Norris war ebenfalls vollkommen abgetaucht – Justus, Peter und Bob waren nicht sicher, ob sie darüber froh sein sollten oder besorgt.

So zogen mehrere Wochen ins Land und die drei Detektive mussten sich damit abfinden, dass ihnen der Fall entglitten und zum Stillstand gekommen war. Und dass einige Fragen unbeantwortet blieben.

Bewegung kam erst wieder in die Sache, als sie nach etwa vier Wochen eine überraschende Mail erhielten. Justus und Peter hatten gerade einen lange aufgeschobenen Großputz in der Zentrale beendet, als Justus einen Posteingang bemerkte. »Eine Mail von Señora Pérez!«, sagte er und las sie vor.

»Hallo, ihr drei! Mir sind heute einige Kartons aus dem Nachlass meines Vaters in die Hände gefallen. Darin fand ich die kleine Holzkiste, in der er die Jadefigur von Chase Meadows geschickt bekommen hatte. Er hatte die Kiste behalten, um Postkarten darin aufzubewahren. Auf dem Adressaufkleber ist zwar kein Absender angegeben, aber ich konnte den Poststempel entziffern. Das Paket ist in einer Stadt namens Palmdale in Kalifornien aufgegeben worden. Vielleicht hilft euch das dabei, Chase Meadows zu finden. Viel Erfolg! Maria Pérez.«

»Wow!«, sagte Peter. »Der Fall kommt wieder in Gang!«

»Du hattest ihn doch schon abgehakt«, sagte Justus.

»Das stimmt nicht. Ich bin bloß nicht so verbissen wie du oder Bob. Wo steckt der überhaupt? Hat sich ja ganz schön ums Saubermachen gedrückt!«

»Wir können zu ihm fahren und ihn abholen.«

»Abholen? Lass mich raten, du willst nach Palmdale?«

»Aber ja! Wir haben endlich eine heiße Spur!«

»Wo liegt das überhaupt?« Peter warf einen Blick auf die Karte an der Wand. Bald hatte er die Stadt gefunden. »Gar nicht weit weg, nur einmal über die Berge. Scheint aber nicht gerade klein zu sein. Wie wollen wir Meadows da finden?«

Justus war zuversichtlich. »Wir werden ihn schon auftreiben. Schließlich sind wir Detektive!« Ein abenteuerlustiger Ausdruck trat in Justus' Gesicht. Die Frustration der letzten Wochen war verflogen. »Die drei ??? sind wieder im Spiel!«

In diesem Moment flog die Tür auf und Bob stürzte herein. »Habt ihr schon gehört?«, rief er und knallte ihnen die neue Ausgabe der *Los Angeles Post* auf den Tisch.

Nr. 245 **LOS ANG**

Große Wor

Wochenlang geisterten M sagenumwobenen Sterne Tunchan durch die Medie

Es scheint, als habe da jemand den Mund zu voll genommen. Die größte archäolgische Entdeckung des Jahrzehnts, auf der mexikanischen Halbinsel Yucatán, wurde verschoben – oder gar für immer abgesagt.

„Das ist natürlich Unsinn", setzt sich Professor Jonathan Burnham gegen die immer lauter werdenden Kritikerstimmen zur Wehr. „Dass Tunchans Sternentempel existiert, dass er irgendwo im Dschungel verborgen ist, steht für mich außer Frage. Es sieht allerdings so aus, als wären meine Quellen nicht so exakt, wie ich gehofft hatte. Ich habe einen

Monat lang
gel Yucatáns
Sternentemp
es an der Ze
Fakten zu sicht
So klingen d
der immer noc
obwohl mittl
spricht, dass
Experten habe
nentempels scho
Nach Burnham
werk aus de

ELES POST

te – tiefer Fall

dungen über die Entdeckung des tempels des Maya-Königs Doch die Beweise bleiben aus.

ler Stelle im Dschun-
ucht, an der ich den
vermutet habe. Jetzt ist
nnezuhalten und alle
nd zu über prüfen."
Vorte eines Mannes,
n seinen Traum glaubt,
veile vieles dagegen
ch noch erfüllen wird.
ie Existenz des Ster-
nmer angezweifelt.
nkündigung, das Bau
hten Jahrhundert ge-

funden zu haben, verstummten diese Zweifler für kurze Zeit – nur um sich jetzt umso lauter wieder zu Wort zu melden. Nicht wenige glauben, der Professor habe sich in eine fixe Idee verrannt und der Sternentempel sei nur ein weiteres Atlantis oder Eldorado.

Solange es noch unerforschte Flecken im mexikanischen Dschungel gibt, wird die Legende lebendig bleiben. Doch mit jedem weiteren umgegrabenen Quadratmeter Urwaldboden wird auch Tunchans Sternentempel mehr und mehr zum modernen Mythos.

Des Rätsels Lösung

»Ich kann es echt immer noch nicht glauben«, sagte Peter, während er den MG über den Freeway durch die Santa Monica Mountains lenkte. Die drei ??? hatten sich trotz der Neuigkeiten gleich auf den Weg nach Palmdale gemacht. »Burnham ist wochenlang durch den Dschungel gekrochen – und hat nichts entdeckt! Gar nichts! Das ist … wie soll ich sagen … so was von cool!« Er lachte.

»Das ist sogar saucool«, stimmte Bob zu. »Soll er doch durch den Urwald robben, bis die Moskitos ihn ausgesaugt haben!«

»Bob«, tadelte Justus ihn. »Solche Verwünschungen solltest du nicht einmal denken! Die armen Moskitos!« Er grinste. »Es kann natürlich sein, dass er den Tempel doch noch findet. Aber wenn nicht – dann rückt das den ganzen Fall in ein neues Licht! Womöglich *sollte* Burnham den Sternentempel gar nicht finden! Und die Schatzkarte war von Anfang an nicht das Amatl wert, auf das sie gemalt ist!«

»Du meinst, Chase Meadows hat sich einen bösen Scherz erlaubt, Just?«, fragte Bob. »Und es gibt den Tempel und das Grab überhaupt nicht!?«

Der Erste Detektiv schüttelte den Kopf. »Die drei Tunchan-Figuren sind auf jeden Fall echt und stammen aller Wahrscheinlichkeit nach aus dem Grab, das also gefunden worden sein muss. Aber vielleicht nicht dort ist, wo alle suchen.«

»Aber wo sonst?«, fragte Bob.

»Genau. Wo sonst? Ich hoffe, Chase Meadows kann uns das beantworten. Wenn wir ihn finden.«

Der Freeway führte durch das breite Tal des Santa Clara River, das direkt in die Wüste führte. Schweigend und voller Erwartung ließen sie die Landschaft an sich vorbeiziehen. Bis sie ein Hinweisschild passierten: Agua Dulce – ½ Meile. In diesem Augenblick schrie Justus auf.
»Mann, Just, musst du mich so erschrecken?«
»Fahr rechts ab, Peter!«, befahl Justus.
»Was? Nach Palmdale sind es aber noch ein paar Meilen.«
»Wir fahren nicht nach Palmdale, sondern nehmen die nächste Ausfahrt. Gib mir mal die Straßenkarte, Bob!«
Auch Bob verstand nicht, was los war. »Just, was soll denn das?«, fragte er, während er im Handschuhfach nach der verlangten Karte kramte und sie nach hinten reichte.
»Agua Dulce! Da ist die Ausfahrt!«, antwortete Justus. »Hier runter.« Dann fing er an, in seinem Rucksack zu wühlen.
Peter riss sich so lange zusammen, bis sie den Freeway verlassen hatten. Dann fuhr er rechts ran und drehte sich wütend zu Justus um. »Justus, hör auf mit dem Theater! Sag jetzt sofort, was Sache ist, oder ich schmeiß dich aus meinem Auto, dann kannst du zu Fuß nach Hause laufen!«
»Der Ort hier! Agua Dulce! Fällt euch daran nichts auf!?«
Peter hasste es, wenn Justus so eine Frage stellte. Er kam sich dann immer vor wie der letzte Idiot. »Nein. Gar nichts fällt mir auf. He, was machst du denn mit meiner Karte? Hör sofort auf, darin herumzumalen, die ist neu!«
Doch da war Justus schon fertig. »Wir waren blind«, erklärte er. »Dumm und blind.« Er reichte die mit Markierungen versehene Straßenkarte nach vorn. Zusammen mit der Schatzkarte, die er aus seinem Rucksack gekramt hatte.

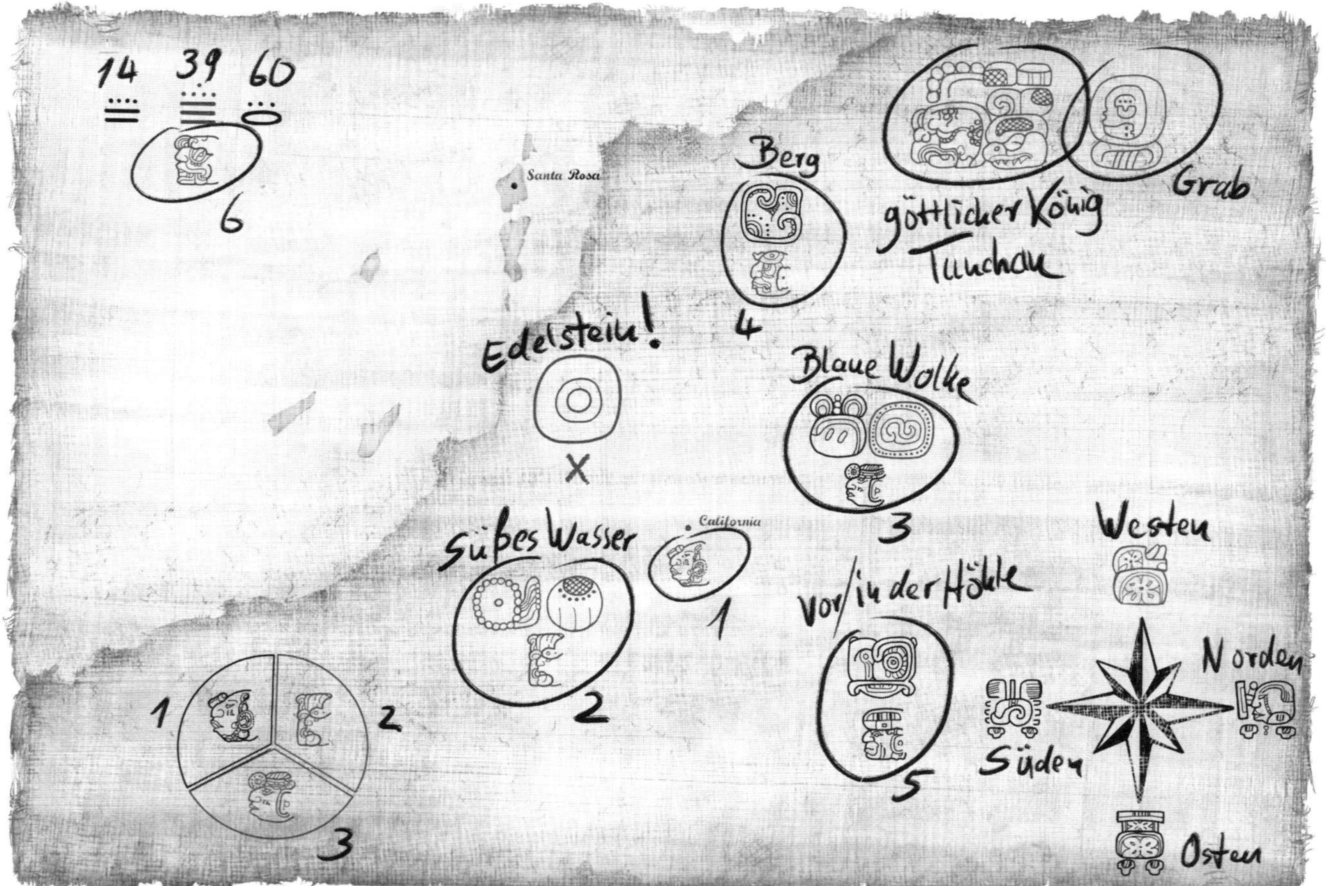
14
39
60
6
Santa Rosa
Berg
4
göttlicher König
Tunchan
Grab
Edelstein!
X
Blaue Wolke
3
California
1
Süßes Wasser
2
vor/in der Höhle
5
Westen
Norden
Süden
Osten
1
2
3

Dinuba
Hume
Sequoia N. P.
Whitney 4421
Pine
Owens Lake
Five Points
San Benito Mtn. 1597
Woodlake
Hanford
VISALIA
Lemoore
Tulare
Exeter
Olancha
Panamint Springs
Tele-scope Pk.
Panamint Range
City
Coalinga
Stratford
Lindsay
Camp Nelson
San Luis Can.
Corcoran
Porterville
Avenal
Tulare Lake Bed
Little Lake
Bradley
San Miguel
5
Aqueduct
Delano
Glennville
Trona
Lake Nacimiento
Cholame
Isabella Lake
Paso Robles
McFarland
Ridgecrest
Lost Hills
Wasco
Lake Isabella
Atascadero
Los Angeles
Mojave
Simmler
Shafter
Oildale
Red Mountain
BAKERSFIELD
San Luis Obispo
McKittrick
California City
Arvin
Arroyo Grande
Taft
Tehachapi
Desert
Mojave
Four Corners
Maricopa
Santa Maria
Cuyama
Orcutt
Tejon Pass (1274)
Gorman
Rosamond
Barstow
San Rafael Mts.
Santa Ines
Mojave
15
LANCASTER
Lompoc
Agua Dulce
5
PALMDALE
Goleta
Ojai
Santa Paula
Fillmore
Gaviota
Vincent
Santa Barbara
STA. CLARITA
Hespe
Santa Barbara Channel
San Fernando
Ventura
BURBANK
Channel Islands National Park
SIMI VALLEY
GLENDALE
Santa Cruz I.
OXNARD
Hollywood
PASADENA
Malibu
POMONA
ONTARIO
Rocky Beach
Santa Monica
LOS ANGELES
Santa Rosa I.
NORWALK
RIVERSI
TORRANCE
ANAHEIM
LONG BEACH
Disneyland
SANTA ANA
IRVINE
15
215
HUNTINGTON BEACH
Santa Barbara I.
Channel Islands
Santa Catalina I.
San Clemente
Avalon
Temecu
Gulf of Santa Catalina
5
San Nicolas I.
OCEANSIDE
Carlsbad
Encinitas
Solana Beach
15
San Clemente I.
La Mesa
SAN DIEGO
Imperial Beach
TIJUANA
Rosarito

»Das … kann nicht sein!«, sagte Bob und verglich immer wieder die Straßenkarte mit der Schatzkarte. »Das ist ein Zufall!«
»Ein Zufall? Vergiss es, Bob. Dafür passt es viel zu genau. California City! Santa Rosa Island! *Agua Dulce!* Das ist Spanisch und heißt *Süßes Wasser*. Wie die Hieroglyphe auf der Schatzkarte! Und nun seht euch die Abrisskante des zweiten Kartenteils an! Das ist kein zufälliger Riss! Wenn man die Karte um neunzig Grad dreht, ist es die verdammte Küstenlinie von Kalifornien!«
»Die Himmelsrichtungen!«, fiel es Bob ein. »Die stehen falsch! Es sei denn, man dreht die Karte!«
»Drehen!«, rief Justus und ein weiteres Licht ging ihm auf. »Die Hieroglyphe, die ›Edelstein‹ bedeutet! Professor Burnham hat gesagt, sie kann auch ›drehen‹ heißen. Und wenn man die Karte dreht und damit aus Osten Norden macht, dann hat man eine Kalifornienkarte vor sich!!«
»Aber … aber Professor Burnham hat in der Karte doch eindeutig Orte in Mexiko erkannt!«
»Ja, weil es dort eben *auch* ein California und ein Santa Rosa gibt, und zwar genau an den selben Stellen!«
»Dann waren wir die ganze Zeit auf der falschen Fährte«, sagte Peter.
»Und nicht nur wir. Auch Professor Burnham. Er ging felsenfest von Mexiko aus. Logisch. Er hat schließlich einen Maya-Tempel gesucht. Der Professor ist reingelegt worden. Und wir mit ihm.«
»Aber wohin führt die Karte denn nun?«
Justus vertiefte sich noch einmal in die Schatzkarte und zupfte dabei an seiner Unterlippe. Schließlich erhellte sich

sein Gesicht. »Es steht alles genau hier! Aber anders, als wir dachten. Man muss den Zahlen folgen, Schritt für Schritt! Die Eins steht neben California. Man muss also nach Kalifornien. Da sind wir bereits. Die Zwei steht bei ›Süßes Wasser‹, also Agua Dulce. Da sind wir ebenfalls. Als Nächstes käme dann ein Ort namens ›Blaue Wolke‹. Den müssen wir finden. Dann noch auf einen Berg und schließlich zu einer Höhle. Aber das wird sich hoffentlich von allein erklären, wenn wir ›Blaue Wolke‹ erst mal erreicht haben. Zum Glück ist Agua Dulce ziemlich klein. Wir werden nicht lange suchen müssen.«

Justus behielt recht. Sie fuhren einmal quer durch den Ort, da entdeckte Bob an einer Straße ein Schild: *Blue Cloud Farm.*

»Blue Cloud! Blaue Wolke!«, rief Bob. »Wir sind auf der richtigen Spur!«

Peter bog ab. Bald verwandelte sich die Straße in einen Feldweg, der an einem langen Zaun entlangführte. Dahinter erstreckte sich brachliegendes Weideland. Ein großes Farmhaus kam in Sicht. Der Weg machte eine Biegung und führte auf ein großes Tor zu, neben dem auf einem Holzschild der Name *Blue Cloud Farm* stand.

»Ich flipp aus, du hast wirklich recht«, sagte Peter.

»Ich wette mit euch, dass Chase Meadows hier wohnt«, meinte Justus. »Agua Dulce ist so klein, dass es wahrscheinlich kein eigenes Postamt hat. Man muss also ins nahe gelegene Palmdale fahren, um ein Paket aufzugeben. Deshalb hatte das Päckchen an Señor Pérez einen Poststempel von dort. Statten wir Mr Meadows also einen Besuch ab!«

Conrad Williams döste in der Nachmittagshitze auf der Veranda seines Farmhauses und lauschte dem Wind und der Stille. Das Auto hörte er schon, bevor er die Staubfahne sah, die es in der Luft hinterließ.
Jemand aus der Stadt. Nicht von hier. Das sah er an der unsicheren Fahrweise auf dem Feldweg.
Der Wagen hielt vor dem Tor. Drei Jungen stiegen aus und starrten das Schild an. Ein Großer, ein Kleiner und ein Dicker. Genau wie angekündigt. Es war also so weit. Conrad Williams griff nach seinem Handy, schrieb rasch eine Nachricht und schickte sie ab. Dann rief er zu den Jungen hinüber: »Kann ich euch helfen? Habt ihr euch verfahren?«
»Nein«, rief der Junge mit der rundlichen Figur zurück. »Wir suchen jemanden. Einen gewissen Chase Meadows. Sind Sie das?«
Conrad Williams stemmte sich aus seinem Stuhl, kratzte sich sein glatt rasiertes Kinn, setzte einen Strohhut auf und trat die drei Stufen von der Veranda hinunter in die gleißende Sonne. Langsam und gemächlich ging er auf die drei Jungen hinter dem Tor zu.
»Guten Tag«, sagte der rundliche Junge. »Mein Name ist Justus Jonas. Das sind meine Freunde Peter Shaw und Bob Andrews.« Dann wiederholte er seine Frage: »Sind Sie Chase Meadows?«
Conrad schüttelte den Kopf. »Mein Name ist Conrad Williams. Aber Chase hat hier gelebt.«
»Ach so. Können Sie uns sagen, wo er jetzt wohnt?«
Conrad wies mit dem Zeigefinger in den Himmel. »Da oben. Er ist gestorben.«

»Oh.« Die drei Jungen wirkten bestürzt. »Das tut uns leid. Wann war denn das?«
»Noch nicht lange her. Was wolltet ihr denn von ihm?«
»Das ist eine lange Geschichte, Sir. Es geht um Artefakte der Maya. Und um eine Schatzkarte. Wir erzählen Ihnen gern mehr, wenn es Sie interessiert. Vielleicht können Sie uns ein paar Fragen beantworten.«
»Das interessiert mich in der Tat sehr«, sagte Conrad. »Kommt rein, ihr drei!«
Die Jungen folgten ihm auf die Veranda und setzten sich auf die wackelige Bank. Conrad ging ins Haus, um eine Karaffe Eiswasser mit Zitrone zu holen. Er dachte über die Jungen nach. Es waren auf jeden Fall die drei, die ihm angekündigt worden waren. Außerdem waren sie vielversprechend. Conrad wandte sich dem Schlüsselbrett an der Wand zu und nahm einen großen rostigen Schlüssel ab. Er ließ ihn in die Tasche seines Overalls gleiten. Anschließend kehrte er auf die Veranda zurück.
»Dann erzählt mal«, forderte er die Jungen auf.
Und sie erzählten. Es war eine wahrlich abenteuerliche Geschichte über Maya-Figuren aus Jade, durchtriebene Indianer mit Giftpfeilen, einen versteckten Tempel im Urwald, Schmuggel und Diebstahl. Über ein Grab, eine zweideutige Schatzkarte und einen hinterlistigen und geltungssüchtigen Professor.
Conrad hörte konzentriert zu und nickte langsam. »Kurz bevor er starb, kündigte Chase an, dass vielleicht eines Tages jemand kommen und nach ihm fragen würde. Ich habe euch also erwartet.«

Justus blickte Conrad Williams gespannt an. »Sie haben uns erwartet, Sir?«

»Nun ja, nicht unbedingt euch. Aber jemanden. Einen alten Professor vielleicht. Oder einen Archäologen aus Mexiko. Oder einen Indianer. Die Personen, von denen ihr mir gerade erzählt habt, nehme ich an.«

Justus beugte sich vor. »Das müssen Sie uns erklären!«

Mr Williams nickte. Er trank einen Schluck Wasser und fuhr fort: »Chase kam vor vielen Jahren nach Agua Dulce. Er suchte einen ruhigen Ort zum Arbeiten. Ich vermietete ihm eine kleine Hütte, die zu meiner Ranch gehört.« Er machte eine vage Handbewegung. »Oben auf dem Berg. Dorthin ging Chase jeden Tag. Er beschäftigte sich mit der Maya-Kultur. Studierte irgendwelche Fundstücke. Außerdem schrieb er an einem Buch. Jahre hat er dafür gebraucht. Irgendwann wurde er leider krank. Und er sagte zu mir: ›Eines Tages wird jemand vor deiner Tür stehen und nach mir fragen. Er wird vielleicht eine Schatzkarte bei sich haben. Ich weiß nicht genau, wer es sein wird: vielleicht ein alter Professor oder ein mexikanischer Archäologe oder ein Indianer. Für die drei habe ich nämlich ein paar Rätsel hinterlassen. Vielleicht werden diese aber auch von einem Fremden gelöst. Wer auch immer hier erscheint und dir eine Geschichte über Maya-Gräber und Sternentempel erzählt: Gib ihm den Schlüssel zur Berghütte und schick ihn rauf!‹ Das hat er zu mir gesagt. Und nun seid ihr drei hier. Kein Professor, kein Archäologe, kein Indianer. Aber nach dem, was ihr mir erzählt habt, seid ihr trotzdem diejenigen, die sich den Schlüssel verdient haben.«

Conrad Williams steckte seine Hand in die Tasche und hielt den drei ??? einen alten rostigen Schlüssel hin. Justus nahm ihn entgegen.

»Folgt einfach dem Pfad hinter dem Haus, den Berg hinauf. Er führt direkt zu Chase' Hütte.«

»Was erwartet uns dort?«, wollte Bob wissen.

Conrad Williams zuckte leicht mit den Schultern.

»Heißt das, Sie haben selbst nie nachgesehen?«

Er antwortete nicht. Seine Miene war unergründlich.

»Ein merkwürdiger Typ«, raunte Peter, sobald sie Williams' Veranda verlassen hatten und außer Hörweite waren. »Findet ihr nicht?«

»Schon. Aber im Moment bin ich zu aufgeregt, um darüber nachzudenken«, gestand Bob. »Ich will jetzt wissen, was es mit dieser Hütte und diesem Schlüssel auf sich hat!«

Der Berghang war steil und sie gerieten beim Aufstieg ins Schwitzen. Dann kam die Hütte in Sicht. Sie schmiegte sich an einen großen Felsen auf dem Berggipfel und lag halb in dessen Schatten. Das Häuschen war aus Bruchstein gebaut. Der Felsen bildete gleichzeitig die Rückwand.

»Das muss der Ort sein«, sagte Justus. »Station Nummer vier. Der Berg. Jetzt bin ich gespannt!« Er trat auf die grob gezimmerte hölzerne Tür zu und steckte den Schlüssel ins rostige Schloss. Er ließ sich leicht herumdrehen. Die Tür schwang auf.

Die Hütte war vollständig leer.

Doch hinten in die rohe, unbehauene Felswand war eine massive Stahltür eingelassen.

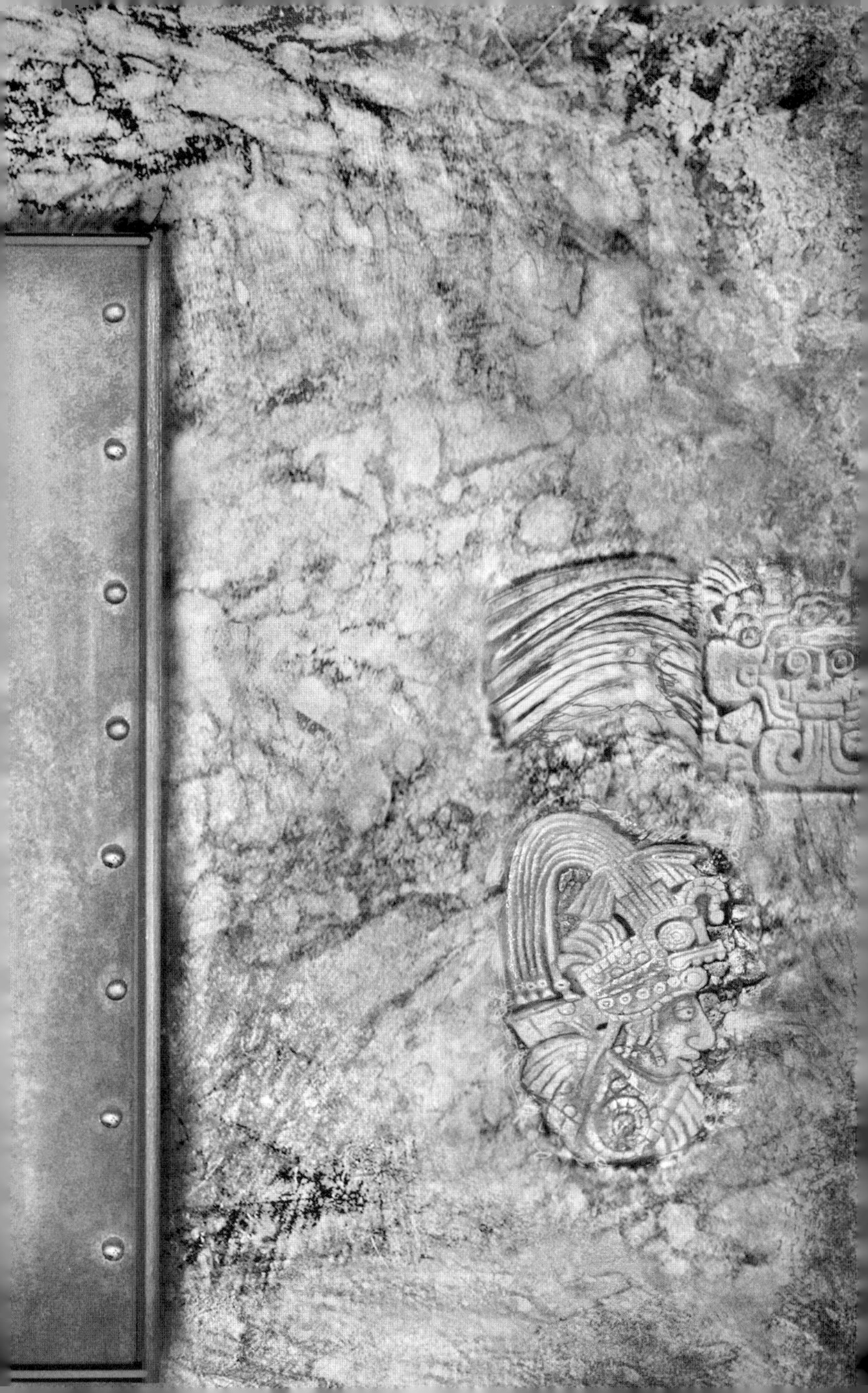

Das Geheimnis des Sternentempels

»Die fünfte Station«, sagte Justus. »Wie lautet noch mal die genaue Übersetzung, Bob?«
»›Vor der Höhle‹ oder auch ›in der Höhle‹. Kommt wohl auf den Zusammenhang an.«
»Das heißt, hinter dieser Tür liegt eine Höhle?«, fragte Peter. »Eine richtige Schatzhöhle?«
»Das wird sich erweisen.«
Der Zweite Detektiv zog und drehte versuchsweise an dem großen Rad, doch die Tresortür war fest verschlossen. Er hatte auch nichts anderes erwartet. »Was jetzt?«
Justus sah zu Bob, der die Schatzkarte in der Hand hielt.
»Ich glaube, das ist einfach. Die letzte Station sind die Zahlen Vierzehn, Neununddreißig und Sechzig.«
»Bitte sehr, Bob. Du hast sie entschlüsselt, du darfst den Code ausprobieren!«, forderte Justus seinen Freund auf.
Bob trat an das Zahlenschloss heran und wischte sich die Hände an der Hose trocken. »Wie macht man das überhaupt? Ich kenne das nur aus dem Fernsehen.«
»Du drehst linksherum. Viermal hintereinander auf die Vierzehn. Dann rechtsrum, dreimal hintereinander auf die Neununddreißig. Dann wieder nach links, zweimal auf die Sechzig. Und wieder nach rechts, bis du einen Widerstand spürst.«
Bob folgte den Anweisungen. Als sich das Schloss nicht weiterdrehen ließ, probierte er das Rad aus. Es funktionierte. Der dritte Detektiv zog die schwere Tür auf. Dahinter lag ein dunkler Gang. Kalte Luft schlug ihnen entgegen.

Peter flüsterte unwillkürlich, als er fragte: »Hat jemand eine Taschenlampe dabei?«

»Nicht nötig«, sagte Justus, der einen Schalter samt Stromkabel an der Felswand entdeckt hatte. Er drückte drauf und ein behelfsmäßig befestigtes Licht flammte an der Tunneldecke auf. »Dann wollen wir mal!«

Nacheinander betraten sie den Gang. Er war nur wenige Meter lang und weitete sich zu einer natürlichen kleinen Höhle mit gewölbter Decke. Auch hier spendeten einige Lampen helles Licht.

Die Höhle war absolut leer bis auf einen großen modernen Tisch, auf dem einige Papiere lagen. Keine Reichtümer, keine Statuen, keine Schmuckstücke.

»Das ist alles?«, fragte Peter. Er konnte seine Enttäuschung nur schlecht verbergen. »Ich dachte, wir finden hier einen Schatz. Gold und Edelsteine und so.«

»Die Maya hatten überhaupt kein Gold«, belehrte ihn Justus. »Und was die Edelsteine angeht: Dass wir die Hieroglyphe falsch gedeutet hatten, haben wir doch schon geklärt.«

»Ja, aber … wozu denn der ganze Aufwand? Irgendwas muss hier doch sein!«

»Hier ist ja auch was«, meinte Justus und ging auf den Tisch zu. Ganz links lag eine flache Metallschachtel mit geschlossenem Deckel. Daneben ein sorgsam aufgeschichteter Papierstapel, ein paar hundert Seiten stark. Es schien ein Manuskript zu sein. Auf dem Deckblatt stand:

Der Yaxché-Codex

von Chase Meadows

Und auf der rechten Seite des Tisches lag ein Brief.

Mein Name ist Chase Meadows. Ich wuchs als Sohn eines einfachen Farmers in Kalifornien auf. Schon als Junge war ich fasziniert von der Kultur der Maya. Ich vertiefte mich in alles, was ich über dieses geheimnisvolle Volk finden konnte, und war schon bald ein Experte auf diesem Gebiet. Eines meiner Idole war Jonathan Burnham, ein anerkannter Universitätsprofessor und Maya-Forscher. Ich nahm Kontakt zu ihm auf und konnte ihn mit meinem Fachwissen und meiner Leidenschaft beeindrucken. Ich wurde sein Assistent und er nahm mich mit auf seine Expeditionen.

Wir durchquerten die Halbinsel Yucatán und machten viele aufregende Entdeckungen. Professor Burnham schrieb Artikel darüber, gab Interviews und hielt Vorträge. Dabei verschwieg er, dass häufig ich es war, der die Ruinen aufgespürt, die Wegsteine gefunden, die Hieroglyphen entschlüsselt hatte. Die Hälfte seiner Entdeckungen waren meine. Ich ärgerte mich darüber. Doch ich traute mich nicht, in die Öffentlichkeit zu treten. Ich war schließlich nur sein Assistent. Ich hatte keinen akademischen Titel. Ich war nicht einmal auf dem College gewesen. Und ich wurde schon nervös, wenn ich nur in die Nähe eines Mikrofons kam.

Jahrelang habe ich darauf gewartet, dass Professor Burnham meinen Beitrag zu seinen Forschungen anerkennt. Er hat es nie getan.

Auf unserer berühmtesten Expedition lernte ich in einem kleinen Dorf im Dschungel den Maya-Jungen Tuyucim kennen. Er erzählte mir von Steinen voller Schriftzeichen, die er tief im Urwald gefunden hatte. Ich ließ sie mir zeigen und konnte die Schriftzeichen entschlüsseln. Es waren Wegweiser zur untergegangenen Stadt Yaxché. Ich machte mich alleine auf den Weg, ohne den Professor zu informieren. Ich fand Yaxché. Und ich fand den Sternentempel und Tunchans Grab. Ich nahm die vier wertvollsten Grabbeigaben aus seiner letzten Ruhestätte an mich – und hielt diesen Fund geheim. Zwei Tage später führte ich Professor Burnham nach Yaxché. Er machte die Entdeckung der Ruinenstadt

bekannt, ohne meine Rolle und die des Jungen auch nur zu erwähnen.
Danach beendete ich meine Arbeit bei Burnham, ging zurück nach Kalifornien und beschäftigte mich fortan hier auf der Blue Cloud Farm mit meinen Fundstücken. Das wichtigste befindet sich in dem Metallkästchen. Die Ergebnisse meiner Forschung stehen in dem Manuskript.
Die drei anderen Grabbeigaben habe ich jetzt an meine ehemaligen Widersacher, Leidensgenossen und Verbündeten geschickt, zusammen mit einem kleinen Rätsel. Wird einer von ihnen das wirkliche Geheimnis des Sternentempels lüften?
Du vielleicht, Jonathan, der du oft nicht sahst, was direkt vor dir lag? Oder bist du durch Yucatán geirrt, zu gierig nach der nächsten Schlagzeile, um die Wahrheit zu erkennen?
Oder du, Salvador, der du nie menschenscheu warst wie ich und dich trotzdem nicht gegen Jonathan auflehntest, obwohl du genauso gelitten hast? Oder bist du zu Hause geblieben und hast wieder einmal das Risiko gescheut?
Oder du, Tuyucim, der du dich immer gefragt hast, wo eigentlich die Gerechtigkeit bleibt? Oder hast du den Weg der Gewalt gewählt, um dein edles Ziel zu erreichen?
Oder wird es am Ende ein Fremder sein, der das Rätsel löst?
So oder so: Mein guter Freund Conrad Williams ist angewiesen, das Manuskript und den Inhalt des Kästchens in jedem Fall zu veröffentlichen. Sie werden alle offenen Fragen beantworten.

Chase Meadows

Justus legte den Brief beiseite. »Mannomann«, sagte er. »Wir sind offensichtlich nicht die einzigen Opfer von Professor Burnhams Geltungssucht.«
Bob nickte. »Es muss Chase Meadows wahnsinnig geärgert haben, dass Burnham sich immer in den Vordergrund gedrängt hat. Warum hat er bloß nie etwas unternommen!?«
»Hier steht es doch. Er war extrem menschenscheu«, sagte Justus. »Er hat sich nicht getraut. Er hat sogar dafür gesorgt, dass sein Wissen erst bekannt wird, wenn er schon tot ist, indem er die Schatzkarten erst losschickte, als er todkrank war. Er wollte, dass die Wahrheit ans Licht kommt. Aber er wollte auf keinen Fall ins Rampenlicht gezerrt werden.«
»Aber was *ist* denn nun die Wahrheit?«, fragte Peter. »Abgesehen davon, dass Chase Meadows selbst ein großer Entdecker und Jonathan Burnham ein großer Angeber ist, meine ich. Was ist mit dem Sternentempel? Er schreibt, er habe Tunchans Grab gefunden. Aber wo denn nun? Hier ja wohl kaum. Es *muss* doch in Mexiko sein! Oder nicht?«
Justus deutete auf die Metallschachtel. »Der Inhalt beantwortet angeblich alle Fragen.« Plötzlich hallte ein lauter Knall durch die Höhle. Alle drei fuhren zusammen.
»Die Tür!«, rief Peter und rannte durch den kurzen Tunnel Richtung Ausgang. Die Tresortür war geschlossen! Peter stemmte sich dagegen, doch sie rührte sich nicht.
In Windeseile waren Justus und Bob an seiner Seite und halfen ihm, doch es nützte nichts. Die Tür ließ sich nicht öffnen. Und es gab von innen nicht mal einen Griff.
Der Zweite Detektiv hämmerte gegen den kalten Stahl. »He! Aufmachen! Wir sind hier gefangen! Hallo!«

»Lass es, Zweiter, das hat keinen Zweck.«
Peter spürte Panik in sich aufsteigen. »Aber da draußen muss doch jemand sein!«
»Natürlich ist da jemand«, stimmte Justus zu. »Aber glaubst du, der hätte nicht gewusst, dass jemand hier drinnen ist? Obwohl das Licht im Tunnel eingeschaltet war? Wir wurden eingesperrt – absichtlich!«
Peter schluckte. »Aber … von wem?«
»Das finden wir später heraus. Erst mal sollten wir uns befreien.«
Bob hatte bereits sein Handy gezückt. Doch unter dem massiven Felsen hatte er keinen Empfang. Peter und Justus ebenfalls nicht. »Verflixt«, sagte Bob und versuchte, ruhig zu bleiben. »Das wird nichts mit Befreien. Die Tür kriegen wir nicht auf. Einen anderen Ausgang gibt es nicht. Hilfe holen können wir nicht. Wir sitzen in der Falle!«
Justus nickte bedächtig. »Dann müssen wir warten. Mr Williams weiß, dass wir hier sind. Er wird sich irgendwann fragen, wo wir bleiben, und uns suchen.«
»Es sei denn, er war's, der uns eingesperrt hat!«, sagte Peter.
»Möglich, aber für mein Gefühl unwahrscheinlich. Kommt, lasst uns die Zeit nutzen und das Kästchen inspizieren.«
»Du hast vielleicht Nerven«, stöhnte Peter.
Doch auch Bob war neugierig. Vorsichtig hob er den Deckel an. In dem Kästchen befand sich ein ungefähr zehnmal wie eine Ziehharmonika gefaltetes Stück Amatl, reich bemalt und verziert. Es sah uralt aus.
Außerdem war da ein weiterer Brief.

Dieses Fundstück stammt aus der Grabstätte, die im Palast der Stadt Yaxché entdeckt wurde. Ebenso wie drei weitere Grabbeigaben: ein Kopf und eine Figur aus Jade sowie eine Figur aus Obsidian, die alle drei zweifelsfrei Tunchan darstellen. Die Grabbeigaben sowie die Übersetzung der gefundenen Handschrift selbst beweisen eindeutig, dass es sich um das lange gesuchte Grab Tunchans handelt. Nicht um das eines seiner Nachfahren, wie vermutet wurde.

Auch der sagenumwobene Sternentempel wurde längst entdeckt, ohne dass man sich dessen bewusst war – weil er von einem späteren Herrscher überbaut worden war, wie es damals in Maya-Stätten häufig vorgekommen ist. Aufzeichnungen in dem gefundenen Codex beweisen, dass sich der Sternentempel exakt dort befindet, wo heute der Palast von Yaxché steht. Er ist also bereits seit zwanzig Jahren der Öffentlichkeit zugänglich!

König Tunchans Grabkammer im Innern des Tempels war über Jahrhunderte absolut trocken und luftdicht verschlossen, daher hat der Codex wie durch ein Wunder keinen Schaden genommen.

Die drei oben erwähnten Figuren befinden sich nicht mehr in meinem Besitz, sondern in dem von:

Professor Jonathan Burnham, Calabasas, Kalifornien, USA,
Salvador Pérez, Hermosillo, Mexiko,
Tuyucim Florentino Ixmatá, Mexico City, Mexiko.

Ich hoffe, sie finden ihren Weg zurück in die Hände der Wissenschaft.

Chase Meadows

»Ich glaub's nicht«, sagte Peter, nachdem er den Zettel gelesen hatte. »Die Suche nach dem Sternentempel war für die Katz! Er wurde längst gefunden!« Er ließ enttäuscht die Schultern sinken. »Und einen richtigen Schatz gibt's auch nicht.«
»Das würde ich nicht sagen«, widersprach Bob und deutete auf das bunt bemalte, gefaltete Stück Amatl.
»Du meinst das Ding hier?« Der Zweite Detektiv streckte schon seine Hand danach aus, um es auseinanderzufalten, doch Bob hielt ihn zurück. »Lieber nicht. Wenn das wirklich echt ist, ist es viele hundert Jahre alt. Schon das Fett auf deinen Fingerspitzen könnte es beschädigen.« Vorsichtshalber schloss Bob den Deckel wieder.
»Ja, aber ...« Weiter kam Peter nicht, denn ein metallisches Quietschen erklang.
»Die Tür!«
Da trat auch schon eine Gestalt durch den Tunnel auf sie zu.
»Mr Williams!«, rief Bob erleichtert. »Wir hatten gehofft, dass Sie uns irgendwann –«
Aber es war nicht Mr Williams.
»Skinny!?«
»Oh Mann, du schon wieder!«, stöhnte Peter und seine Erleichterung über die rasche Befreiung verflog sofort.
Skinny Norris schlenderte entspannt in die Höhle. »Na, ihr Schlauberger? Lange nicht gesehen. Alles fit im Oberstübchen? Anscheinend nicht, sonst hättet ihr euch nicht wie die Amateure von mir einsperren lassen.«
»Du hast die Tür zugemacht!?«
Skinny nickte grinsend. »Hatte ich gar nicht vor. Aber als ich

hörte, dass ihr hier drinnen seid, war es zu verführerisch. Ich wollte euch ein bisschen schmoren lassen. Mal gucken, was ihr so alles versucht, um euch zu befreien.«

»Wir müssen dich enttäuschen, Skinny«, antwortete Justus. »Wir haben die Situation analysiert und sind zu dem Schluss gekommen, dass es das Beste ist, gelassen abzuwarten. Der Erfolg gibt uns recht.«

»Idiot«, knurrte Skinny. »Ich hätte euch hier drinnen verhungern lassen können! Habe ich aber nicht getan. Merk dir das mal!«

»Du bist so was von kindisch, Skinny«, meinte Bob.

Skinny reagierte nicht darauf. »Dass ihr überhaupt noch hier aufgetaucht seid, ist ja ein kleines Wunder. Vier Wochen hat's gedauert. Ich dachte, die drei größten Detektive des Universums hätten mehr auf dem Kasten. Aber nein. Vier Wochen. Und? Habt ihr euch euren ›Schatz‹ schon angesehen? Toll, oder? Ein Haufen Papier und sonst nichts.«

»Du warst schon mal hier?«, fragte Justus überrascht.

»Natürlich war ich schon mal hier, Dicker. Ich bin halt ein bisschen schneller als ihr. Vier Wochen schneller, um genau zu sein, haha.«

»Aber woher weißt du überhaupt von diesem Ort?«, fragte Peter.

Skinny lachte. »Das möchtet ihr gern wissen, oder? Ich könnte jetzt einfach wieder gehen und euch darüber nachgrübeln lassen, bis ihr schwarz werdet.«

»Aber dann könntest du nicht über uns triumphieren und deshalb bist du schließlich hier«, antwortete Justus. »Also erzähl's uns einfach!«

Dieser arrogante Fettsack schaffte es doch immer wieder, Skinny innerhalb kürzester Zeit zur Weißglut zu treiben. Konnte der nicht *ein Mal* die Klappe halten!? Am liebsten hätte Skinny auf dem Absatz kehrtgemacht, die Tür zugeschlagen und die drei hier drinnen verrotten lassen.
Aber dann musste er sich eingestehen, dass der Dicke recht hatte. Skinny wollte triumphieren. Er wollte den drei Klugscheißern unter die Nase reiben, dass er für das Lösen des Rätsels nur wenige Stunden gebraucht hatte. Und Baby Fatso würde ihm diesen Triumph nicht ruinieren!
Also atmete Skinny einmal tief durch, setzte sein Grinsen wieder auf, stützte sich lässig gegen den Tisch und sagte: »Die Karte. Ich habe sie in eurem Clubhaus fotografiert.«
»Na und?«, fragte Peter. »Wir hatten die Karte wochenlang und sind trotzdem nicht draufgekommen …« Er verstummte.
»Genau. Weil ihr zu dämlich seid. Ich habe gleich die Küstenlinie von Kalifornien erkannt. Sieht man schließlich sofort! Und auf der Schatzkarte gab's ja nur drei Punkte. California City, Santa Rosa Island und das Kreuz für den Schatz. Ich musste bloß in einen Straßenatlas gucken und vergleichen. Und so habe ich Agua Dulce gefunden.«
»Du hast die Hieroglyphen gar nicht entschlüsselt?«, fragte Andrews.
»Pfff!«, machte Skinny. »Hieroglyphen. Brauchte ich doch gar nicht.«
»Aber wie hast du dann die Farm gefunden?«
»Ich habe einfach im Ort nach Chase Meadows gefragt! Und schon war ich da, ganz einfach.«

»Und Mr Williams hat dich hier raufgelassen?«, fragte Shaw ungläubig. »Dich!?«
»Na, hör mal! Warum sollte er drei Witzbolden wie euch den Schlüssel geben und mir nicht?«
»Und die Tresortür?«, wollte Justus wissen.
»Die Zahlen auf der Karte hatte ich schon in Mexiko rausbekommen. Das war ja wohl das Einfachste von der Welt. Und dass das die Kombination für das Schloss sein muss, war auch klar – wenn man schlau ist!« Skinny lächelte zufrieden.
»Hast du hier etwa was mitgehen lassen?«, fragte Shaw argwöhnisch.
»Quatsch!«, empörte sich Skinny. Es war mal wieder typisch, dass diese Idioten ihn für einen kleinen, gewöhnlichen Dieb hielten. »Was sollte ich denn hier mitgehen lassen? Hier ist doch nichts! Ein Stapel Papier liegt hier rum. Ein weinerlicher Brief und ein olles Maya-Faltblatt. Die drei Figuren waren der Schatz. Dass es hier nicht noch mehr zu holen gibt, konnte ja keiner ahnen.«
Jonas hatte mal wieder diesen ungeheuer dämlichen Gesichtsausdruck, als er fragte: »Und warum bist du jetzt noch mal hier?«
Skinny grinste. »Ich hatte Mr Williams gebeten, mir eine Nachricht zu schicken, sobald ihr hier auftaucht. War ja klar, dass das irgendwann passieren würde. Dass es allerdings *vier Wochen* dauert … na ja. Kann halt nicht jeder so schnell sein wie ich. Jedenfalls wollte ich mir um nichts in der Welt eure dummen Gesichter entgehen lassen, wenn ihr entdeckt, dass es hier absolut nichts zu holen gibt.«

Justus schüttelte ungläubig den Kopf, als er den Grund für Skinnys Anwesenheit hörte. »Wie schön, dass du deinen Spaß hast, Skinny. Und durchaus erstaunlich, schließlich bist du selbst für nichts und wieder nichts nach Mexiko gefahren, hast dich als Schmuggler versucht und warst danach auf der Flucht vor Kriminellen. Du bist nur mit viel Glück aus der Sache herausgekommen, das hätte auch ganz anders für dich ausgehen können. Aber solange du dich darüber freuen kannst, dass du ein einziges Mal in deinem Leben schlauer warst als die drei Detektive, ist ja alles bestens. Glückwunsch! Feiere diesen Erfolg ausgiebig! Es wird das letzte Mal gewesen sein.«
Doch Skinny lachte nur. »Wenn du meinst, Jonas. Ich sage nur: Unterschätze niemals einen Skinny Norris! So, ihr Schneckenhirne, ich hau dann mal wieder ab. Bis zum nächsten Mal! Verlauft euch nicht auf dem Weg nach draußen!« Immer noch lachend verließ er die Höhle.
Fassungslos blickten die drei ??? ihm nach.
»Unglaublich«, sagte Bob kopfschüttelnd. »Er ist tatsächlich den ganzen Weg hierhergefahren, nur um uns einmal ins Gesicht zu lachen.«
»Tja«, seufzte Justus. »Was soll man da machen. Er ist nun mal Skinny Norris. Und er glaubt jetzt tatsächlich, er sei der überlegene Sieger. Zum Glück ist er nicht halb so schlau, wie er denkt. Denn selbstverständlich haben wir einen Schatz entdeckt. Und zwar einen unbezahlbar wertvollen. Oder, Bob?«
»Das sehe ich genauso, Just. Bislang gab es auf der ganzen Welt nur noch vier erhaltene Maya-Handschriften. Aber

Chase Meadows hat in einer trockenen und luftdicht verschlossenen Grabkammer eine fünfte entdeckt. Was Skinny als ›olles Maya-Faltblatt‹ bezeichnet hat, dürfte mehr wert sein als eine ganze Grabkammer voller Jade und Obsidian!«

Peter machte große Augen. »Tatsächlich?«

Bob grinste. »Tatsächlich.«

»Oh Mann, dann müssen wir damit jetzt aber vorsichtig sein!«

»Wir bringen die Schachtel und das Manuskript zu Mr Williams. Laut Chase Meadows' Brief weiß der ja, was zu tun ist.«

Sie nahmen alles an sich und verließen die Höhle.

Peter trug die Metallschachtel wie ein Heiligtum ehrfürchtig vor sich her.

Auf halbem Weg den Berg hinunter sahen sie Skinny in der Ferne am Feldweg in seinen blauen Sportwagen steigen und davonfahren.

Als sie das Farmhaus erreichten, erwartete sie ein lächelnder Conrad Williams.

»Na, habt ihr gefunden, was ihr gesucht habt?«

Justus schüttelte den Kopf. »Nein. Aber dafür eine Menge anderer Dinge. Wenn Sie noch einen Augenblick Zeit für uns haben, würden wir Ihnen gern davon erzählen.«

»Aber natürlich, kommt zu mir herauf!«, sagte ihr Gastgeber und die Jungen gesellten sich wieder zu ihm auf die Veranda. Gemeinsam erzählten sie ihm die Fortsetzung ihres Abenteuers.

Conrad Williams hörte aufmerksam zu. Er hatte sich nicht in den Jungen getäuscht. Sie hatten wirklich alle Fragen beantwortet. Und was noch wichtiger war, sie hatten alle Antworten verstanden!

»Und an diesem Manuskript hat Chase Meadows all die Jahre gearbeitet«, sagte Justus am Ende seines Berichts. »Er hat sich in die Höhle da oben zurückgezogen, weil sie ein kühler, trockener Ort ist, an dem er das jahrhundertealte Amatl studieren konnte, ohne dass es Schaden nahm.«

»Ich habe auf dem Weg den Berg hinunter einen Blick in das Manuskript geworfen«, fuhr Bob fort. »Mr Meadows hat den Maya-Codex in allen Einzelheiten entschlüsselt und übersetzt. Ich kenne mich wirklich nicht gut aus, aber ich glaube, dass dieses Buch ein Meilenstein in der Maya-Forschung sein wird.«

»Und die Amatl-Handschrift wird weltweit Aufsehen erregen«, prophezeite Justus. »Hand aufs Herz, Mr Williams: Sie wussten davon, oder? Chase hat Sie in Ihrem Brief schließlich ausdrücklich erwähnt.«

Doch Williams schüttelte den Kopf. »Er hat mir aufgetragen, welches Museum und welchen Verlag ich kontaktieren soll. Aber worum genau es ging, hat er mir nie gesagt. Daher: Wenn ich mich nun dieser letzten Aufgabe widme, würde ich gern an euch verweisen, falls die Museumsleitung, der Verleger und vielleicht später die Journalisten Fragen haben. Ihr kennt ja die ganze Geschichte viel besser als ich. Wärt ihr damit einverstanden?«

»Aber natürlich, Sir.«

»Ich bin froh, dass ihr aufgetaucht seid. Ich dachte zunächst

wirklich, dieser Skinny Norris sei der Richtige. Aber er schien kaum zu wissen, was er tat. Ich bin nur auf seine Bitte eingegangen, ihn bei eurem Auftauchen zu benachrichtigen, weil ich wissen wollte, wie diese Geschichte ausgeht.« Er nickte anerkennend. »Jetzt kenne ich das Ende. Und es ist eine fantastische Geschichte! Wirklich toll, dass ihr all diese Rätsel gelöst habt!«
Die Jungen lächelten stolz.
»Dann wollen wir mal wieder«, sagte Justus und erhob sich. »Passen Sie gut auf den Schatz auf!«
»Aber natürlich, das werde ich.« Er begleitete die Jungen bis zu ihrem Wagen und verabschiedete sich von ihnen. Er sah ihnen nach, bis sie am Horizont verschwunden waren, und seufzte.
Er spürte, wie ihm eine große Last von den Schultern fiel. Bald würde der Maya-Codex endlich in Sicherheit und das Manuskript veröffentlicht sein. Beides würde eine riesige Sensation werden. Und um alle noch offenen Fragen würden sich die drei Detektive kümmern. Er selbst brauchte kein einziges Interview zu geben und kein einziges Mal vor eine Kamera zu treten. Seine Rechnung war aufgegangen.
Zufrieden fuhr er sich über das glatt rasierte Kinn. Er hatte sich noch nicht so richtig damit angefreundet, dass der Vollbart ab war. Und mit dem neuen Namen Conrad Williams tat er sich auch noch schwer. Aber daran würde er sich schon irgendwann gewöhnen.

Die drei ???® … ihre großen Fälle!

- ☐ Der finstere Rivale
- ☐ Das düstere Vermächtnis
- ☐ und der Geisterzug
- ☐ Fußballfieber
- ☐ Geister-Canyon
- ☐ Schatten über Hollywood
- ☐ Schwarze Madonna
- ☐ Fluch des Drachen
- ☐ Haus des Schreckens
- ☐ Fels der Dämonen
- ☐ Der tote Mönch
- ☐ und das versunkene Dorf
- ☐ Das Geheimnis der Diva
- ☐ und die Fußball-Falle
- ☐ Grusel auf Campbell Castle
- ☐ Der namenlose Gegner
- ☐ Skateboardfieber
- ☐ Im Netz des Drachen
- ☐ Im Zeichen der Schlangen
- ☐ Die blutenden Bilder
- ☐ und der schreiende Nebel
- ☐ und die schwarze Katze
- ☐ und der verschollene Pilot
- ☐ Im Schatten des Giganten
- ☐ Fußball-Teufel
- ☐ und das blaue Biest
- ☐ und die brennende Stadt
- ☐ GPS-Gangster
- ☐ Das Rätsel der Sieben
  7 Kurzgeschichten
- ☐ Straße des Grauens
- ☐ Die Spur des Spielers
- ☐ und das Phantom aus dem Meer
- ☐ Tuch der Toten
- ☐ Eisenmann
- ☐ Dämon der Rache
- ☐ Sinfonie der Angst
- ☐ und der gestohlene Sieg
- ☐ Die Rache des Untoten
- ☐ Der Geist des Goldgräbers
- ☐ Der gefiederte Schrecken
- ☐ und der Zeitgeist
  6 Kurzgeschichten
- ☐ und die flüsternden Puppen
- ☐ Das Kabinett des Zauberers
- ☐ Im Haus des Henkers
- ☐ Schattenwelt
  Trilogie
- ☐ und der letzte Song
- ☐ und der Hexengarten
- ☐ silbernes Amulett
- ☐ und der Mann ohne Augen
- ☐ Insel des Vergessens

kosmos.de/die_drei_fragezeichen

Mehr aus der Welt der Die drei ???®

Umschlagillustration von Silvia Christoph, Berlin
Umschlaggestaltung von eStudio Calamar, Girona, auf der Grundlage der Gestaltung von Aiga Rasch (9. Juli 1941 – 24. Dezember 2009)
Innenillustrationen von Silvia Christoph, Berlin

Unser gesamtes lieferbares Programm und viele weitere Informationen zu unseren Büchern, Spielen, Experimentierkästen, DVDs, Autoren und Aktivitäten findest du unter **kosmos.de**

MIX
Papier aus verantwortungsvollen Quellen
FSC® C084279
FSC www.fsc.org

Gedruckt auf chlorfrei gebleichtem Papier

ISBN 978-3-440-15053-5
Redaktion: Anja Herre, Annemarie Chiappetta
Lektorat: Nina Schiefelbein
Produktion: Verena Schmynec
Layout und Satz: DOPPELPUNKT, Stuttgart
Druck und Bindung: Print Consult GmbH, München
Printed in Slovakia / Imprimé en Slovaquie